Über den Autor

Feivel Veys ist ein leidenschaftlicher Fremdkörper in einer Welt, die nicht verstehen möchte, warum zwei plus zwei für gewöhnlich fünf ergibt. Schreibt er nicht gerade Bücher mit unverständlichen Hauptfiguren, zerbricht er sich den Kopf darüber, weshalb Hühner die Straße überqueren wollen. In seiner Freizeit sammelt er selbstkritische Gedanken über neurodivers-heterogene Denkmuster in ihrem alterisierten Verhältnis zu allistisch-homogenen Normvorstellungen und deren literarischer Rezeption.

Wer das verstanden hat oder sich nicht davon abschrecken lässt, darf gerne auf die nächste Seite umblättern.

Zu seinen Werken gehören:

Dein Name sei Eden

Die Schwanzfedern des Kranichs
Erscheint voraussichtlich 2023

Der Werwolf von Jevole
Erscheint voraussichtlich 2023

Feivel Veys

Dein Name sei

Eden

Eine Novelle der Anderen

Impressum

Bibliografische Information der Deutschen Nationalbibliothek:
Die Deutsche Nationalbibliothek verzeichnet diese Publikation in der
Deutschen Nationalbibliografie; detaillierte bibliografische Daten
sind im Internet über http://dnb.dnb.de abrufbar.

© 2023 Feivel Veys

Zeichensatz *Dumbledor* by Graham Meade (GemFonts)
Zeichensatz *Exploding Sheep* by Unauthorized Type
Zeichensatz *Fairfax Station NF* by Nick Curtis
Zeichensatz *Humanistic* by George Williams
Zeichensatz *3D Animals* by vladimirnikolic

Herstellung und Verlag: BoD – Books on Demand, Norderstedt

Umschlagbild und Umschlaggestaltung: Feivel Veys
ISBN: 9783734722073

Inhalt

„We can fix you. We can fix those who can't be happy because they don't know what abled happiness is. Better yet, we prevent them from being born altogether. The future will look brighter. Welcome to the eugenic utopia."

Marieke Nijkamp: The Future Is (Not) Disabled;
Uncanny Magazine 24

Sonntag

UND DIE ERDE WAR WUEST UND LEER,
UND FINSTERNIS LAG AUF DER TIEFE;
UND IHR GEIST SCHWEBTE UEBER DEM WASSER

Das Angebot klang beinahe zu gut, um wahr zu sein. Eine sichere Kapitalanlage, eine angenehme Rendite und das alles für ein Produkt, das ethisch so vertretbar war, wie frisch gefallener Schnee. Und das Beste daran? Es war ein exklusives Angebot, das seinen Wert nicht durch eine nachträgliche Erhöhung der verfügbaren Aktien oder durch eine Herabstufung des Unternehmenswerts durch seinen Börsenindex verlieren würde. Sein Wert war ausschließlich an den Nutzen des Produkts gebunden und nichts anderes. Solange sich nicht herausstellte, dass es über Nacht seine Wirkung verlieren würde, würde sein Wert auf einem stabilen Niveau bleiben. In einem Wort: es war perfekt.

Ich ließ meinen Blick ein weiteres Mal über den Brief schweifen, um mich zu vergewissern, dass ich auch wirklich nicht träumte.

Mit Ihrer Unterstützung leisten Sie einen unverzichtbaren Beitrag zur Verbesserung der Menschheit, zu ihrem Schutz vor und zu ihrer Heilung von Leiden jeder Art. Die FourTee Corporation lädt Sie dazu ein, die finanzielle Patenschaft für ihr jüngstes Produkt, das Serum „Panacea 14f13 Karellen", zu übernehmen. Wir erhoffen uns nicht weniger, als sämtliche Beeinträchtigungen aus unserem Leben zu verbannen und neurale Schäden jeglicher Art auszugleichen. Wir–

»Hey, Mister!« Ich senkte die Einladung in meiner Hand. Keine zwei Meter von mir entfernt saß eine junge Frau auf einem Geländer und ließ ihre Beine baumeln. Hinter ihrem Rücken strömte gemächlich der Pischon vorbei. »Du kannst dir die Mühe auch sparen. Es wird sich nicht auszahlen.«

»Was?«

Sie nickte in Richtung meines Briefes. »Dein kleines Spielzeug. Es wird dich nicht glücklich machen. Du könntest dein Geld vermutlich auch genauso gut an Enten verfüttern und beobachten, wie sie eine nach der anderen untergehen. Dann hättest du wenigstens etwas Interessantes zu beobachten.«

Ich schaute mir die Frau etwas genauer an. Sie war jung, vielleicht Anfang zwanzig, dunkelhaarig, Iris-Heterochromie, das eine Auge moosig-blau, das andere schlammgrün. Spätestens ihre Kleidung ließ keinen Raum mehr für Zweifel. Ein schwarzes Top, das bereits knapp über ihrem Bauch endete und mehr Haut freiließ als es verdeckte, ein kurzer Rock aus blauem Denim und ein überlanger Mantel, den sie wie einen schweren Stoffvorhang zwischen das Geländer und ihre Beine geklemmt hatte. Sie war eine Schlange, wie sie im Buche stand und brauchte offensichtlich Hilfe.

Aber nicht von mir.

»Was weiß eine Schlange schon von solchen Dingen? Such' dir Hilfe.«

»Hilfe?« Das Mädchen schaukelte mit den Beinen und legte seine Hände ineinander. »Ich schätze, wir alle suchen nach Hilfe. Du wirst sie aber nicht auf dem Boden einer Pillendose finden. Die sind viel zu bitter dafür.«

»Karellen ist keine Pille.«

Sie zuckte mit den Schultern. »Ist das wichtig?«

»Natürlich ist das wichtig. Ohne Karellen gibt es keine Heilung, keine Perfektion.«

»Perfektion ist langweilig und bedarf daher auch keiner Behandlung.«

Ich war sprachlos. Selbst für eine Schlange war sie ungewöhnlich frech und zeigte keinen Respekt für diejenigen, die sich für eine bessere Welt einsetzten. Wie sich überhaupt jemand so offen für das Leid anderer Menschen aussprechen konnte, ohne sich dabei zu schämen, war mir schleierhaft.

»Und das entscheidest du, Schlange?«

»Oder du, Mensch?« Sie kratzte sich an der Nase. »Haben wir Reptilien denn keine Mitsprache dabei?«

»Was für eine dumme Frage.«

»Und was für eine ehrliche Antwort.« Sie schwang ihre Beine über die Brüstung und kam auf mich zu. »Manchmal habe ich das Gefühl, die Welt selbst ist verrückt geworden und versucht uns alle in den Wahnsinn zu treiben, einen nach dem anderen, bis wir uns in Heilmitteln, Pillen und Therapien gegenseitig ertränken können.«

»Ein kleiner Preis für unser Glück.«

»Wessen Glück?« Sie strahlte mich plötzlich an und streckte mir ihre Hand entgegen. Ein kleiner, verschrumpelter Käfer lag inmitten ihrer Handfläche. »Möchtest du eine Rosine? Ich habe gehört, auch sie können glücklich machen.«

Ich schüttelte meinen Kopf.

»Mhm, vielleicht hast du recht.« Sie hob die getrocknete Frucht vor die Augen und verzog ihren Blick zu einem lächerlichen Schielen. »Rosinen sind im Grunde genommen auch nichts anderes als verkrüppelte Trauben, nicht wahr? Sie werden getrocknet, bis alles Leben aus ihnen herausgepresst worden ist und nichts anderes mehr von ihnen übrigbleibt als eine zusammengeschrumpelte Hülle. Sie sind bitterer, süßer als normale Trauben, aber manche mögen sie trotzdem.« Mit einer raschen Bewegung ihres Handgelenks warf sie die Frucht in den Fluss hinein. »Ich mag auch keine Rosinen.«

»Warum trägst du sie dann mit dir herum?«

»Das tue ich doch gar nicht. Jedenfalls jetzt nicht mehr. Oder siehst du hier irgendwelche Rosinen?«

»Nein, und ich denke, du hast den Verstand verloren.«

»Wäre das denn so schlecht? Ich bin immerhin glücklich, oder?«

Ich trat demonstrativ einen Schritt zurück. Sich von einer Schlange in ein Gespräch verwickeln zu lassen, war niemals eine gute Idee, ihr tatsächlich zuzuhören schlichtweg leichtsinnig. Sie verbogen die Wirklichkeit so lange, bis kaum noch etwas anderes Sinn ergab als ihre eigene verdrehte Realität. Man konnte sich nur dann sicher mit ihnen verständigen, wenn man sie ausblendete und ignorierte. Alles andere führte früher oder später gefährlich nahe an ihre Wahnvorstellungen heran.

Ohne ein weiteres Wort an das Mädchen zu verschwenden, wandte ich mich ab und schritt an ihr vorbei. Ich hatte Wichtigeres zu erledigen, als mir weiterhin ihre selbsttäuschenden Spinnereien anhören zu müssen. Das Mädchen zuckte mit keiner Wimper.

»Wir sehen uns später, Mister. Versuch' nicht allzu viele Enten zu versenken.«

Die zentrale Zweigstelle der *FourTee Corporation* in Eden war ein ästhetizistisch-eklektischer Hochbau, wie es ihn kein zweites Mal geben konnte. Seine weiß gezackten Türme ragten aus einem starren Glasplattenbau heraus, wie die Blütenblätter einer Sonnenblume sich stolz aus ihrem kernigen Bett erhoben. Kein anderes Gebäude der Stadt konnte sich mit seiner schlichten Eleganz messen. Sein Erdgeschoss bestand im Gegensatz zu den oberen Etagen aus einer endlosen Reihe aus geschwärzten Fenstern, die die Plakette mit dem Motto der Firma über den Flügeln des Eingangsportals geradezu aufleuchten ließ. Ihre eingravierten Worte jagten mir jedes Mal aufs Neue einen wohligen Schauer durch den Körper.

Recupera Invalidorum Perfectio

Als ich durch die Eingangshalle schritt, schlug mir ein Schwall kühler, klimatisierter Luft entgegen.

»Willkommen, Sir. Kann ich Ihnen helfen?«

Eine attraktive Frau kam mit einem Klemmbrett in ihrer Hand auf mich zugeeilt. Blonde Haare, haselnussbraune Augen, weiße Kleidung, Anfang/Mitte Dreißig. Sie war zweifelsohne ein Mensch und so gesund und munter wie eine kleine Lerche. Nach meinem zwangsläufig frustrierenden Aufeinandertreffen mit der Schlange heute Morgen war sie eine wohltuende Abwechslung.

»Möglicherweise. Ich habe ein Angebot für die Patenschaft des Panacea Karellen erhalten. Bin ich bei Ihnen richtig?«

»Natürlich, Sir. Folgen Sie mir. Sie können mich übrigens Carina nennen.« Carina steckte sich ihr Klemmbrett unter den Arm und griff nach meiner Hand, bevor sie mich durch die Zentrale führte. »Sie können sich glücklich schätzen, Sir. Ich denke, Sie werden von unserem Angebot begeistert sein. Wir hegen große Hoffnungen in Karellens Fähigkeiten.«

»Was genau können Sie mir eigentlich anbieten?«

»Eine Beteiligung. Sie investieren in Karellens medialen Erfolg und tragen damit indirekt zur Aufwertung der Menschheit bei. Im Gegenzug erhalten Sie gemeinsam mit den anderen Unterstützern einen prozentualen Anteil an den Erlösen des Heilmittels.«

»Ist es wirklich so vielversprechend, wie ich gehört habe?«

Carina lächelte mich an. »Zugegeben, ich werde zwar dafür bezahlt, insbesondere die Vorzüge unserer Produkte hervorzuheben, aber in diesem besonderen Fall ist das noch nicht einmal nötig. Karellen hat unsere Erwartungen bisher nicht enttäuscht und in vielen Fällen sogar noch übertroffen. Nach unserer letzten Zählung haben wir bisher 70.273 Menschen von ihren Leiden befreien können.« Sie zückte ihr Klemmbrett und blätterte durch ihre Unterlagen. »13.720 geheilte Persönlichkeitsstörungen bei Männern, 10.072 bei Frauen. 18.269 Fälle von Autismus, 9.772 Fälle von ADHS, sowie 9.839 Fälle von psychischen Störungen und von 8.601 mentalen Defekten aller Art. Misserfolge hatten wir bislang noch keinen Einzigen. Karellen mag zwar nicht in der Lage sein, ein amputiertes Bein oder ein fehlendes Auge nachwachsen zu lassen, doch dafür leistet es wahre Wunder, wenn es darum geht, gestörte Gehirne vollständig zu normalisieren.«

»Ist das nicht unethisch?«

Carina fuhr zu mir herum und sie starrte mich scharf an, als hätte ich schlagartig selbst den Verstand verloren. Doch dann legte sich ein Grinsen über ihre Lippen und sie begann lauthals zu lachen.

»Ein guter Witz, Sir. Ich hatte schon befürchtet, Sie meinen das ernst.«

»Natürlich nicht. Ich denke, FourTee leistet einen wichtigen Beitrag für unsere Gesellschaft.«

»Das denke ich auch.« Carina führte mich in ein kleines Büro am anderen Ende der Halle und setzte sich hinter einen Schreibtisch aus fein säuberlich poliertem Chrom. Ich selbst ließ mich ihr gegenüber auf einem überraschend bequemen Stuhl nieder. »Karellen gibt uns endlich die Chance, es kranken Menschen zu ermöglichen, ein integraler Bestandteil unserer Gesellschaft zu werden. Keine zeitraubenden Therapien mehr, keine überflüssigen Medikamente und keine kostspieligen Umbauten öffentlicher Gebäude auf unsere Kosten. Wir können sie endlich reparieren. Wir können endlich diejenigen reparieren, die nicht in der Lage sind, wie wir glücklich zu werden, weil sie nicht wissen, was es bedeutet, wahrhaft glücklich zu sein.«

Ich nickte. *Karellen* klang wirklich vielversprechend und bisher hatte sie mir noch nichts erzählt, was mich vom Gegenteil überzeugt hätte.

»Wie sieht es eigentlich mit Nebenwirkungen aus? Jedes Medikament besitzt für gewöhnlich unbeabsichtigte Nebenwirkungen, die seinen Nutzen einschränken und ein

Wundermittel wie Karellen wird doch sicher keine Ausnahme sein, oder?«

»Es gibt keine.«

»Keine Sorge, Carina. Ich bin bereits überzeugt und nehme Ihr Angebot gerne an. Sie können mir also ruhig die Wahrheit erzählen.«

Carina setzte eine betont ernste Miene auf und straffte dezent ihren Rücken. »Ich meine es ernst, Sir. Es gibt keine Nebenwirkungen.« Sie schob ihr Klemmbrett über den Schreibtisch und blätterte die ersten zwei, drei Seiten um, bevor sie mit ihrem Finger liebevoll über die Ränder des Papiers glitt. »Sie können sich gerne selbst vergewissern. Sowohl die paneurasische Arzneimittelbehörde Asklepios als auch die Yàopǐn-Union der Seidenstraßenallianz haben unsere Testergebnisse bestätigt. Wir warten noch auf eine offizielle Rückmeldung aus Großbritannien, doch inoffiziell hieß es bereits, dass auch sie keine Bedenken haben. Soweit wir es sagen können, haben wir mit Karellen tatsächlich den heiligen Gral der Neuralmedizin gefunden.«

UND DIE ERDE LIESS AUFGEHEN GRAS UND KRAUT, DAS SAMEN BRINGT,
EIN JEDES NACH SEINER ART,
UND BAEUME, DIE DA FRUECHTE TRAGEN, IN DENEN IHR SAME IST,
EIN JEDER NACH SEINER ART.

Als ich die Zentrale wieder verließ, hatte ich ausgesprochen gute Laune. Die Sonne schien, die Vögel zwitscherten fröhlich vor sich hin und ich hatte in meiner Tasche einen Vertrag, der mir nicht nur langfristig ein bescheidenes Vermögen einbringen konnte, sondern auch noch ganz nebenbei die Menschheit von zweifelsohne unnötigen Beeinträchtigungen befreien würde. Heute war wirklich ein guter Tag.

Carina war überaus zuvorkommend gewesen. Sie hatte sich nicht nur die Mühe gemacht, mir geduldig meine Fragen zu beantworten, obwohl ich längst ihren Vertrag unterschrieben und ihr meinen Scheck überreicht hatte, sondern hatte mir auch noch ein kleines Fläschchen des Serums selbst in die Hand gedrückt. Ein Teil von mir hatte erwartet, dass es sich bei ihm um ein tiefgoldenes Wunderwasser handelte, das die Farbe von gereiftem Apfelwein und den Geschmack von Ambrosia entfalten konnte. Nach all den Versprechen über ein Heilmittel, das psychische Schäden praktisch über Nacht verschwinden lassen konnte, war ich etwas enttäuscht, dass sich *Karellen* als eine ganz normale Flüssigkeit in einem braun gefärbten Glas herausgestellt hat, wie man es in jeder Apotheke bekommen konnte. Letzten Endes spielte es aber keine Rolle. Was zählte, war sein Nutzen, und nicht seine Erscheinung.

Einer spontanen Eingebung folgend kaufte ich mir von einem Straßenhändler einen Apfel und schlenderte am Ufer des Pischon entlang. Es war ein schöner Tag und ich hatte keine weiteren Verpflichtungen mehr. Mein Gespräch mit Carina hatte jedoch in mir den Wunsch geweckt, selbst etwas Gutes zu tun. Mein Geld würde zwar die PR-Maschinerie der *FourTee Corporation* eine Weile lang am Laufen halten und dabei helfen, *Karellen* bekannter zu machen, doch wollte ich auch selbst dazu beitragen, die Welt in einen besseren Ort zu verwandeln. Ich kannte in meiner direkten Umgebung zwar niemanden, der meine oder *Karellens* Hilfe wirklich gebrauchen konnte, aber zur Not konnte ich auch versuchen, einer Schlange den unnötigen ernst ihrer Lage begreiflich zu machen. Immerhin, eine Schlange war im Grunde genommen auch nichts anderes als ein Mensch auf Abwegen und verdiente eine zweite Chance.

»Hey, Mister! Haben die Enten dein Geld geschluckt?«

Ich zuckte zusammen, als hinter mir eine vertraute Stimme die Stille durchbrach und mich aus meinen Gedanken riss. Genervt drehte ich mich um und suchte nach der Schlange, die sich heute schon zum zweiten Mal heimlich an mich herangeschlichen hatte, doch der Gehweg und das Geländer am Flussufer waren leer.

»Ich bin hier oben.«

Ich hob meinen Blick. Das Mädchen mit den verrückten Augen baumelte in knapp zwei Metern Höhe kopfüber an einem Ast. Ihr langer Mantel hing wie eine schwarze Leinwand hinter ihrem Rücken und ließ den Wahnsinn in ihren Augen bedrohlich aufleuchten. Ihr ohnehin zu kurz geratenes Top war nach unten gerutscht und wurde lediglich von ihren verschränkten Armen aufgehalten. Dass dabei der Ansatz ihrer Brüste unter dem Stoff hervorblitzte, schien sie

17

nicht weiter zu kümmern. Der Anblick war so bizarr, dass ich einen Moment brauchte, um zu begreifen, dass ich keine Halluzinationen hatte.

»Du kannst ruhig mit mir sprechen, Mister. Ich bin ein Mensch und kein Baselitz.«

»Du bist eine durchgeknallte Schlange und kein Mensch.«

»Findest du?« Sie löste einen Arm von ihrer Brust und strich sich mit den Fingern über ihre Haut. »Wie es sich wohl anfühlen würde, Schuppen zu haben? Das muss wirklich faszinierend sein.«

Ich schloss für einen Moment meine Augen und atmete tief durch. Ich bin schon früher Schlangen begegnet, doch keine war bisher so verrückt wie dieses Mädchen gewesen. Für gewöhnlich reichte es aus, ihnen klarzumachen, dass sie keine normalen Menschen waren, und sie verkrochen sich eingeschnappt wieder in die Löcher, aus denen sie zuvor herausgekrochen waren.

Ich öffnete meine Augen und sah sie mir etwas genauer an. Äußerlich betrachtet unterschied sie sich nicht nennenswert von anderen Schlangen. Sie war und kleidete sich seltsam, verhielt sich bizarr und dürfte auch mehr als nur einen Dachschaden haben. Ihre Haut war von einer leicht talgigen Schicht bedeckt und in ihrem Gesicht fanden sich überall Spuren kleinerer Pickel. Alles an ihr schrie geradezu nach Mitleid. Sie brauchte dringend Hilfe und bemerkte es vermutlich noch nicht einmal selbst. Wenn ich schon einer Schlange helfen wollte, konnte es auch genauso gut diese hier sein.

Ich atmete noch einmal tief durch. »Was machst du überhaupt dort oben?«

»Ich wollte herausfinden, was Äpfel denken, wenn sie schlafen.«

Ich biss mir auf die Zunge und verkniff mir einen schnippischen Kommentar. »Und was denken Äpfel?«

Sie zuckte mit den Schultern. Unter normalen Umständen mochte die Geste vielleicht gelassen wirken, doch auf dem Kopf sah es eher so aus, als kämpfte sie mit spastischen Zuckungen.

»Ich weiß nicht. Ich fühle mich gerade eher wie eine Traube.« Sie zögerte. »Hier ist kein Fuchs in der Nähe, oder?«

»Es gibt hier keine Füchse.«

»Gut. Ich bin ohnehin noch nicht reif genug.«

Ich schüttelte meinen Kopf. Das Mädchen war wirklich verrückt. »Du brauchst offensichtlich Hilfe, Schlange. Gibt es einen Ort, wo wir beide uns miteinander unterhalten können?«

»Mhm…« Sie stülpte ihre Lippen nach außen und zog eine Schnute. »Hey, möchtest du vielleicht einmal zu mir heraufkommen?«

»Ich soll zu dir auf den Baum klettern? Mach' dich nicht lächerlich.«

Das Mädchen kicherte. »Nein, ich meine, ob du zu mir in meine Wohnung kommen möchtest. Ich wohne gleich dort oben.« Sie streckte ihren Arm in die Höhe und ließ für einen kurzen Moment ihr Top noch weiter herunterrutschen, bevor sie den herabfallenden Stoff mit der anderen Hand fester gegen ihren Körper presste. »Es ist wirklich nicht weit, sofern man Treppenstufen mag.«

»Und wenn man keine Treppenstufen mag?«

»Dann ist es immer noch nicht weit, fühlt sich aber so an.«

Dein Name sei Eden

Noch bevor ich etwas erwidern konnte, beugte sie sich vornüber und griff nach dem Ast, auf dem ihre Beine lagen. Sie zog sich nach oben, bis sie sich über ihn hinwegstemmen konnte und ließ sich wie ein überreifer Apfel einfach ins Gras fallen. Mehr aus Instinkt denn aus echter Besorgnis heraus sprang ich über die kleine Mauer, die den Gehweg von der dahinterliegenden Wiese abtrennte, und rannte auf sie zu.

»Ist alles in Ordnung?«

»Klar doch.« Sie stolperte zurück auf ihre Beine und wischte sich mit dem Ärmel ihres Mantels über ihr Gesicht. Kleine Grasstückchen klebten an ihrer Wange und auf ihren Lippen. »Gehen wir?«

Ehe ich etwas erwidern konnte, griff sie nach meiner Hand und zog mich hinter sich her. Ein ungutes Gefühl breitete sich in meiner Magengrube aus. Zuzustimmen, die Wohnung einer Schlange zu betreten, war vermutlich ein übereilter Schritt und nicht gerade meine beste Idee gewesen. Wenn sich ihre Wohnung auch nur annähernd in einem ähnlichen Zustand befand wie ihr Verstand, standen die Chancen nicht schlecht, dass ich selbst eher früher als später wahnsinnig werden würde und mein Heilmittel selbst gebrauchen konnte.

Auch wenn ich noch niemanden getroffen habe, der auch ernsthaft zugegeben hätte, wirklich die Wohnung einer Schlange betreten zu haben, gab es genug Gerüchte, um mir ein präzises Bild von dem machen zu können, was mich erwarten dürfte: abgedunkelte, feuchte Räume, Fliegen und anderes Ungeziefer, kalte Wände, schimmliges Essen in der Spüle. Es waren zwar kaum mehr als Gerüchte, doch handelte es sich bei ihnen immer um die gleichen

Geschichten. Wenn schon nichts anderes, mussten sie doch einen gemeinsamen Kern besitzen, der der Wahrheit zumindest nahekommen dürfte.

Das Treppenhaus jedenfalls bestätigte zumindest einen Teil meiner Befürchtungen. Die Wände waren rau und unverputzt und ein Großteil der Lampen war ausgefallen oder so weit beschädigt, dass sie gerade noch genug Licht spendeten, um die Treppe in vereinzelte Lichtkegel zu tauchen. Ich persönlich würde lieber auf der Straße leben als in so einem Gebäude wohnen zu müssen. Dem Mädchen jedoch schien der Zustand des Hauses nichts auszumachen.

»Warum nehmen wir eigentlich nicht den Fahrstuhl?«

»Du meinst die Blechkammer? Die dient nur zur Dekoration. Ich glaube nicht, dass sie schon jemals in Betrieb genommen worden ist.«

»Warum ihn dann überhaupt einbauen?«

»Inklusion, vielleicht?« Das Mädchen fing plötzlich an zu lachen. »Eigentlich gar keine so schlechte Idee. Eine Treppe ermöglicht den Einbeinern, sich wie Zweibeiner zu verhalten. Ein funktionierender Fahrstuhl dagegen würde Zweibeiner wie Einbeiner aussehen lassen. Ist also wohl keine sonderlich gute Idee. Warum haben wir eigentlich nicht mehr Beine?«

Ich schwieg und folgte ihr die restlichen Stufen hinauf, bis wir schließlich vor einer weiß getünchten Holztüre standen. Sie war ebenso eintönig wie die starren Betonwände, wenn auch etwas angefressener. Kleine Löcher in der Farbe deuteten auf einen ersten Befall von Holzwürmern hin, die langsam von innen heraus die Integrität der Türe bedrohten. Das Mädchen schien sich an alldem nicht sonderlich zu stören. Vielmehr verschwand sie unter ihrem Mantel und verschwamm nahtlos mit den restlichen Schatten. Sie war anscheinend ein fester Bestandteil des Hauses und dringend sanierungsbedürftig.

»Da wären wir.«

Das Mädchen öffnete die Türe und trat ins Innere. Bevor ich es mir anders überlegen konnte, schlüpfte ich hinter ihr in die Wohnung. Die Wohnung selbst machte einen ebenso heruntergekommenen Eindruck wie das Treppenhaus, war an sich aber wenigstens klar strukturiert. Soweit ich es erkennen konnte, bestand sie in erster Linie aus einem einzelnen, länglichen Raum, an dessen gegenüberliegenden Enden jeweils ein Wohnzimmer und eine schlichte Küche eingerichtet waren. Auf der anderen Seite zweigten zwei kleinere Räume in ein Bad und ein Schlafzimmer ab. Einen Flur oder weitere Räume konnte ich auf die Schnelle nicht entdecken. Ich rümpfte meine Nase.

»Was ist das für ein beißender Geruch?«

»Aceton.« Sie streifte sich ihren Mantel vom Leib und warf ihn über ein Holzgestell, das seltsam deplatziert in der Mitte des Raums stand. »Ich male und brauche das Aceton, um die Farbe wieder aus meinen Sachen herauswaschen zu können. Ich finde, es riecht irgendwie süß.«

Ich konnte ihr nicht zustimmen. Aceton war eine reizende Chemikalie und kein Raumerfrischer. Der starke Geruch brannte in meinen Augen und verursachte bei mir Kopfschmerzen.

»Ich habe etwas für dich.«

Ihre Augen weiteten sich. Sie hatte den gleichen Ausdruck im Gesicht, wie ein getretener Welpe, dem man urplötzlich einen Leckerbissen anbot.

»Ein Geschenk?«

»So etwas ähnliches.« Ich griff in meine Tasche und ließ meine Finger durch ihren Inhalt gleiten. Als sie sich auf das kalte Glas von Carinas *Panacea* legten, zögerte ich plötzlich. Jetzt, da ich tatsächlich in der Wohnung einer Schlange stand, wollte ich es so schnell wie möglich hinter mich bringen, und wieder in die Gesellschaft von echten Menschen zurückkehren. Doch eine Stimme in meinem Hinterkopf riet mir, mich noch für eine Weile zurückzuhalten. Immerhin war ich gerade im Begriff, für eine vollkommen Fremde ein wertvolles Arzneimittel aus der Hand zu geben. Ich war mir nicht nur unsicher, ob ich es wirklich an diese Schlange verschwenden sollte, es war auch fraglich, ob sie es überhaupt zu schätzen wissen würde. So, wie ich sie einschätzte, würde sie es vermutlich einfach in den nächsten Abguss kippen. Vielleicht konnte ich ihr auch helfen, ohne dass ich gleich mein *Panacea* verschwendete. »Es ist nur eine Kleinigkeit, aber ich möchte mich nicht in deine Wohnung einladen lassen, ohne dir etwas mitzubringen.«

Ich reichte ihr den Apfel.

Das Mädchen nahm ihn mit zitternden Händen entgegen. »Er ist wunderschön.«

Ich zögerte und stellte meine Tasche zwischen uns auf den Boden. »Es ist nur ein Apfel.«

Anstatt mir zu antworten, drehte sie sich um und lief zu einem Tisch in ihrem Wohnzimmer. Ich folgte ihr. Ein Teil von mir musste zugeben, dass ich durchaus gespannt darauf war, was sie nun wieder anstellen würde. Als sie sich zu mir umdrehte, hielt sie eine Rose in der Hand. Mit einer raschen Bewegung stach sie den Stiel der Blume in den Apfel hinein.

»Warum hast du das gemacht?«

»Ich weiß nicht.« Sie hob den Arm und hielt mir ihre improvisierte Vase direkt vor das Gesicht. »Äpfel bedeuten Leben und ich will, dass auch meine Rose überlebt.«

Ich beugte mich leicht nach vorne und besah mir ihre Rose etwas genauer. Es war eine ausgesprochen ungewöhnliche Sorte. Sie hatte weder Dornen noch Blätter, einen steifen Stil und strahlend blaue Blüten.

»Sie ist aus Plastik.«

»Na und?«

»Sie kann nicht sterben.«

»Jetzt jedenfalls nicht mehr.«

Das Mädchen legte den Apfel behutsam auf den Wohnzimmertisch, als handelte es sich dabei um ein Artefakt aus der Ming-Dynastie, und drehte ihn etwas herum, bis die Blüte der Rose in den Raum hineinblickte. Als sie sich mir wieder zuwandte, strahlte sie mich an.

»Du wolltest dich mit mir unterhalten?«

Montag

UND DIE SCHLANGE WAR LISTIGER
ALS ALLE TIERE AUF DEM FELDE
UND SPRACH ZU DER FRAU.

Ich weiß nicht genau, wie lange ich vor ihrer Türe stand, bevor ich mich dazu überwinden konnte, bei ihr anzuklopfen. Das Gespräch mit der Schlange hatte sich besser entwickelt, als ich erwartet hatte. Auch wenn wir uns die meiste Zeit über tatsächlich nur angeschwiegen hatten und es auch recht lange gedauert hat, bis wir uns miteinander verständigen konnten, ohne dass ich ihr gleich widersprechen musste oder sie in ihre Absurditäten zurückgefallen wäre, war der Abend zumindest keine Verschwendung gewesen. Meinem ersten Eindruck zum Trotz hatte sie sich als eine recht nette Frau herausgestellt. Wenn sie erst einmal auf ihre Spinnereien verzichten würde, könnte sie sich möglicherweise durchaus noch zu einem vollwertigen Menschen entwickeln. Doch bis dahin würde es wohl noch ein langer Weg werden.

Das Einzige, was ich bis jetzt bereute, war, dass ich mich noch immer nicht dazu überwinden konnte, ihr gegenüber mein *Panacea* zu erwähnen. Es würde den Übergang für sie deutlich erleichtern und würde auch weniger von unserer Zeit verschwenden. Dennoch riet mir meine innere Stimme, dass es noch zu früh dafür wäre und ich ihr etwas mehr Zeit geben sollte.

Kaum hatte ich endlich an ihre Türe geklopft, öffnete sie sich mit einem leisen Quietschen. Für einen Moment war ich so irritiert, dass ich mitten in meiner Bewegung innehielt und wie festgefroren dastand. Das Mädchen strahlte mich an.

»Hi, Mister. Hast du heute wieder Enten versenkt?«

Ich löste mich aus meiner Starre und versuchte mich zu entspannen. »Nein, heute nicht. Wie bist du eigentlich so schnell zur Türe gekommen?«

Sie senkte ihren Blick und zeichnete mit ihren Füßen kleine Kreise in den Staub. »Ähm, ich war in der Nähe?«

Mir ging plötzlich ein Licht auf. »Du hast hinter der Tür auf mich gewartet, oder?«

»Und wenn es so wäre?«

Ich konnte mich auch irren, aber ich meinte zu erkennen, wie sich ein feiner Rotton auf ihren Wangen ausbreitete.

»Wenn du gewusst hast, dass ich hier bin, warum hast du mich nicht hereingelassen?«

»Weil du nicht geklopft hast?« Sie hob ihren Kopf und strahlte mich plötzlich wieder an. »Möchtest du jetzt hereinkommen? Die Tür steht offen.«

»Klar. Deswegen bin ich ja hier.«

Sie griff nach meiner Hand und zog mich in ihre Wohnung hinein. Der ätzende Geruch von Aceton hatte sich inzwischen verflüchtigt, war aber dem körnigen Geschmack von Baustaub gewichen. Erst jetzt fiel mir auf, dass das Mädchen ein scharfkantiges Werkzeug in ihrer anderen Hand trug.

»Ist das ein Spachtel? Bist du gerade am Renovieren?«

»Nein, ich mache Pfannkuchen. Irgendwie nehme ich immer zu wenig Butter, sodass sie steinhart werden und in der Pfanne anbrennen.«

»Das ist ein Scherz, oder?«

»Yep.«

»Du solltest vielleicht noch etwas an deinem Humor arbeiten.«

»Nicht nötig. *How do you know that you've got mice in your basement?*«

»Woher?«

»*Because you've got elephants in your belfry.*«

Ich schloss meine Augen und schüttelte den Kopf. »Und woher weißt du, dass du einen Elefanten im Zimmer hast?«

Ihre Augen weiteten sich sichtlich. »Woher?«

»Am Schweigen deines Zuhörers, wenn du aus heiterem Himmel plötzlich Elefantenwitze erzählst.«

Für einen Moment versteiften sich ihre Gesichtszüge, doch dann begann sie zu kichern und grinste mich an. Wie jemand mit so unnatürlichen Augen ein so unschuldiges Lächeln aufsetzen konnte, war mir schleierhaft.

»Ich arbeite gerade an meiner Wand. Willst du sehen, was ich mache?«

»Klar.«

Sie zog mich in ihr Schlafzimmer. Das Zimmer war genauso schlicht, wie die restliche Wohnung. Ein kleines Bett, ein paar Schränke, eine ungelesene Ausgabe des Satiremagazins *Monthly Python* auf einem Nachttisch und eine fahle Raufasertapete waren die einzigen Details, die mir spontan ins Auge fielen. Dazu stand neben der Türe ein dreibeiniger Hocker, auf dem ordentlich angerichtet einige Werkzeuge lagen. Der Fußboden zu seinen Füßen dagegen war über und über mit Betonstaub und Tapetenfetzen bedeckt, die Wand dahinter mit Löchern durchsetzt. Die Schäden waren nur oberflächlich und dürften keine Gefahr darstellen, doch war es wohl besser, sie zu füllen, bevor sie noch größer wurden.

Das Mädchen ließ meine Hand los und setzte den Spachtel an die Wand. Mit einem scharfen Quietschen, das mir die Haare zu Berge stehen ließ, schabte sie einen breiten Streifen der Tapete ab und ließ ihn achtlos zu Boden fallen.

»Das ist ein Projekt, an dem ich seit ein paar Jahren arbeite. Jeden Montag nehme ich mir etwas Zeit und bearbeite die Wand.«

»Wenn du die Schäden im Beton reparieren willst, kann ich dir auch gerne dabei helfen. Dann zieht es sich auch nicht mehr so sehr in die Länge und du kannst hier wieder etwas Normalität einkehren lassen.«

Sie starrte mich an als hätte ich einen schlechten Witz gemacht. »Was meinst du?«

»Die Löcher in den Wänden… ich nehme an, du willst sie stopfen?« Mein Blick fiel wieder auf den Hocker mit den Werkzeugen. Unter ihnen befanden sich auch ein schwerer Hammer und ein Meißel aus geschwärztem Eisen. Mir dämmerte etwas. »Du hast die Löcher selbst geschlagen, nicht wahr?«

»Natürlich habe ich das.«

»Warum?«

Das Mädchen legte den Spachtel zu den anderen Werkzeugen auf den Hocker und griff sich Hammer und Meißel. Ohne mir zu antworten, setzte sie den Meißel an die Wand und hämmerte drei weitere Löcher in den Beton. Soweit ich es sagen konnte, ging sie dabei willkürlich vor. Schließlich legte sie die Werkzeuge wieder zurück auf den Hocker und eilte aus dem Raum hinaus. Als sie zu mir zurückkehrte, hielt sie eine kleine Palette mit einem Klecks schwarzer Farbe und einen Pinsel in der Hand. Sie reinigte die Zwischenräume von Betonstückchen und Baustaub, tunkte den Pinsel in die Farbe und begann vorsichtig, eine dünne Linie zwischen die neu eingeschlagenen Löcher zu zeichnen.

»Eine kluge Frau hat einmal gesagt, dass Glück aus vielen kleinen Punkten besteht, Unglück aber aus Strichen. Die Impressionisten haben den Unterschied nie verstanden.« Sie kicherte. »Wenn ich so darüber nachdenke, hat sie Rosinen gemocht.«

»Du hast mir meine Frage nicht beantwortet.«

»Nicht? Und ich dachte, das hätte ich getan.« Sie drehte sich nicht zu mir um, sondern hielt ihre Aufmerksamkeit völlig auf die graue Wand vor ihr gerichtet. »Wenn du glücklich sein willst, musst du dich mit glücklichen Gedanken umgeben. Ich wollte keine Rosinen an meine Wand kleben, also habe ich stattdessen kleine Löcher in sie geschlagen.«

»Und warum malst du nun Linien zwischen die Löcher?« Ich hatte auf einmal das Gefühl, mich plötzlich wieder mit der Schlange zu unterhalten und nicht mehr mit dem Mädchen. »Du hast doch selbst gesagt, dass Linien Unglück bedeuten sollen.«

»Ohne sie wäre das Glück unvollkommen.«

»Du widersprichst dir selbst.«

»Tue ich das?« Sie hielt einen Moment inne und ließ den Pinsel durch die Luft kreisen. »Nur weil sich etwas widerspricht, bedeutet das noch lange nicht, dass es sich auch gegenseitig ausschließen muss.«

»Doch, das tut es. Deswegen widerspricht es sich ja.«

»Und wie willst du dann wissen, was Glück ist, wenn du das Unglück noch gar nicht kennengelernt hast?«

»Wie willst du glücklich sein, wenn du unglücklich bist?«

»Woher willst du wissen, dass ich unglücklich bin?«

»Woher willst du wissen, dass du bereits glücklich bist?«

Das Mädchen seufzte leise und legte seine Malutensilien zu den anderen Werkzeugen. Als sie sich mir wieder zuwandte, hatte sich in ihrem Gesicht ihr übliches Lächeln breitgemacht.

»Weißt du, was ich mache, wenn ich etwas niedergeschlagen bin? Ich setze mich auf mein Bett und versuche an meiner Wand Tiere zu entdecken. Willst du es einmal ausprobieren?«

Der Betonstaub brannte mir in den Augen und der Unsinn der Schlange war auf Dauer nur schwer zu ertragen. Dennoch nickte ich ihr zu. Wenn es dabei half, das Mädchen bei Laune und damit die Schlange im Zaun zu halten, war es das allemal wert. Vielleicht ließ sich dadurch sogar ein Weg finden, mit dem ich zu ihr durchdringen und ihr mittelfristig dabei helfen konnte, ihren Wahnsinn zu überwinden.

Das Mädchen setzte sich auf ihre Bettkante und zog mich zu sich herunter. Ehe ich mich versah, hatte sie bereits einen Arm um mich geschlungen und ihren Kopf auf meine Schulter gelegt.

»Es ist angenehmer, wenn man es zu zweit versucht. Findest du nicht auch?«

»Ich weiß nicht. Wie funktioniert dein kleines Spiel überhaupt?«

»Du schaust auf die Wand und versuchst verschiedene Formen in den Linien und Löchern zu finden.«

»Und was siehst du?«

»Vieles.« Sie kicherte. »Wenn ich meinen Kopf so auf die Seite lege, sehe ich ein kleines Hoppelhäschen, das eine rennende Möhre jagt. Schließe ich mein rechtes Auge, verwandelt es sich in ein Nilpferd mit einer Flöte. Schließe ich mein linkes Auge, ist es plötzlich ein Apfel, aus dem ein Wurm herauskriecht. Mhm… Ich glaube, er ist hungrig.«

»Der Wurm?«

»Nein, der Wolf in der oberen rechten Ecke. Seine Zunge hängt bereits heraus und seine Beine sind ziemlich dünn. Kannst du ihn sehen?« Noch bevor ich ihr eine Antwort geben konnte, lachte sie laut auf. Ihr Gelächter hallte mir dabei schmerzhaft in den Ohren wider. »Der Haifisch dort drüben trägt ja eine Pudelmütze!«

»Du hast eindeutig eine blühende Fantasie.«

»Hast du auch schon etwas entdeckt?«

Ich schwieg und starrte auf das Wirrwarr aus grauen Punkten und schwarzen Linien. So sehr ich mich auch anstrengte -oder zumindest so tat, als ob ich es versuchte-, so wenig konnte ich etwas anderes ausmachen als unregelmäßige Löcher in einer hässlichen Betonwand. Das Mädchen hatte eindeutig einen Dachschaden, wenn sie all diese Dinge erkennen wollte. Ich schielte vorsichtig zu ihr hinüber.

»Mhm. Ich glaube, ich sehe eine Schlange, die sich selbst in den Schwanz beißt.«

»Wirklich? Wo?« Das Mädchen löste sich von mir und beugte sich nach vorne. »Ich kann sie nicht sehen.«

Ich streckte meinen Arm aus und deutete gerade vage genug auf das graue Punktenetz, sodass sie sich ohne Probleme einen willkürlichen Punkt aussuchen konnte. »Ihren Kopf hat sie dort oben und wenn du seinen Linien entgegen dem Uhrzeigersinn folgst, kommst du früher oder später zu ihrem Schwanz. Er wird von einem gezackten Fangzahn verdeckt.«

»Ich glaube, ich sehe sie jetzt.« Sie kniff ihre Augen zusammen und beugte sich noch weiter nach vorne, bis ihre Arme beinahe ihre Füße berührten. »Hey! Sie umschlingt ja den Apfel! Das ist mir noch gar nicht aufgefallen.«

Ich war mir nicht sicher, ob sie das nur sagte, um mir eine Freude zu bereiten, oder ob sie in dem ganzen Chaos tatsächlich irgendwo eine Schlange ausgemacht haben wollte. Letztlich spielte das aber keine Rolle. Sie war verrückt und brauchte meine Hilfe. Dessen war ich mir inzwischen sicher.

Ich rückte vorsichtig ein paar Zentimeter auf die Seite und
stand auf, bevor sie noch weitere Fantasiegestalten an ihrer
Wand ausfindig machen konnte. Das Spiel mochte ihr zwar
Freude bereiten, doch brachte es uns offensichtlich nicht
weiter.

»Ist etwas nicht in Ordnung?«

»Mir ist mein Fuß eingeschlafen.« Das stimmte zwar nicht,
aber ich schüttelte dennoch demonstrativ mein rechtes Bein.

»Woher hast du eigentlich eine so blühende Fantasie?«

»Ich bin als Schlange aufgewachsen, Mister. Da braucht man
eine blühende Fantasie, um nicht irgendwann den Verstand
zu verlieren.«

»Du widersprichst dir schon wieder.«

»Tue ich das?« Sie stand auf und griff wieder nach meiner
Hand. »Komm, ich zeige dir meine Bilder.«

»Deine Bilder?«

Sie schleifte mich zurück in ihr Wohnzimmer, ohne mir zu
antworten. Mir schwante Übles. Wenn sie bereits dachte, ihre
Schlafzimmerwand mit willkürlichen Löchern und Linien zu
verunstalten, wäre eine gute Idee, wollte ich gar nicht erst
wissen, was für Bilder sie im Rest ihrer Wohnung aufgehängt
hatte. Dennoch folgte ich ihr mit einem flauen Gefühl in den
hinteren Teil des Zimmers, der anteilig durch einen schweren
Vorhang vom eigentlichen Wohnzimmer abgetrennt wurde.

»Es ist ziemlich dunkel hier hinten.«

»Hast du Angst vor mir, Mister?«

»Mach dich nicht lächerlich.«

Das Mädchen drückte mir einen eisernen Stab in die Hand und schmiegte sich wieder an mich. Auch wenn es an sich kein unangenehmes Gefühl war, war ihre ständige Kuschelei auf Dauer doch ziemlich irritierend. Machte sie das eigentlich bei jedem?

»Was ist das?«

»Eine Taschenlampe.«

»Eine Taschenlampe? Wäre es nicht einfacher, hier hinten das Licht einzuschalten?«

»So ziemlich, ja.«

»Warum machst du es dann nicht?«

»Weil meine Bilder erforscht und nicht einfach betrachtet werden sollten.«

Durch den Mantel der Dunkelheit geschützt, rollte ich mit den Augen. »Schlangen.«

»Menschen.«

Ich ignorierte sie und fummelte an der Lampe herum. Im Dunkeln eine unbekannte Taschenlampe einschalten zu müssen, war schwerer, als man es sich für gewöhnlich vorstellte. Nach einem peinlichen Moment des Suchens glitten meine Finger schließlich aber über eine sanfte Erhebung und die Lampe schaltete sich mit einem leisen Klicken ein. Ein schwacher Lichtkegel fiel auf das Gesicht der Schlange. Ihre Pupillen verengten sich augenblicklich zu schwarzen Stecknadelköpfen, wodurch die Iris ihrer Augen unheimlich zu leuchten anfing. Sie fixierten mich wie zwei hypnotisierende Suchscheinwerfer, die mich gegen meinen Willen in ihren Bann ziehen wollten, während der Rest der Schlange mir lächelnd seine Fangzähne in die Brust bohrte. Rasch senkte ich die Lampe auf unsere Füße.

»Okay. Wo sind nun diese Bilder?«

»Dort, wo sie natürlich hingehören. An der Decke.«

»Das ist ein Scherz, oder?«

Sie kicherte. »Vielleicht?«

Ich richtete den Strahl der Taschenlampe auf die vor uns liegende Wand und ließ ihn über die Tapete gleiten, bis er auf einen eingerahmten Farbklecks stieß.

»Was ist das?«

»Eines meiner Bilder.«

Ich schüttelte meinen Kopf. »Nein, wirklich. Was ist das?«

»Eines meiner Bilder. *La tendre indifférence du monde reptile*.«

»Du sprichst Französisch?«

»Nein.«

»Warum–« Ich schloss erneut meine Augen und atmete tief durch. »Ach, nicht so wichtig.« Ich konnte beinahe schon spüren, wie das Mädchen mich angrinste.

»Wenn du willst, kann ich es dir auch erklären. Es ist wirklich nicht so schwer zu verstehen, wie es aussieht.«

»Ich bitte darum.«

»Es ist ein Spiel mit Gegensätzen. Unsere Welt ist wie die Tapete grau, leblos und steril. Wir betrachten sie immer öfter durch Fensterglas, eine Mattscheibe oder eine Kameralinse hindurch, ohne uns dabei zu fragen, was das für uns bedeutet. Menschen wie ich—«

»Schlangen wie du.«

»—wir haben keinen Platz in dieser Welt. Wir gehören nicht dazu, obwohl wir mitten unter euch leben. Ich habe versucht, dieses Gefühl der Entfremdung darzustellen, indem ich etwas von meiner Tapete grau übermalt und über vierundzwanzig Stunden lang blaue Farbe auf sie getröpfelt habe. Das war ziemlich anstrengend, hat sich in meinen Augen aber gelohnt.«

»Du hättest das auch in zwei Minuten schaffen können.«

»Nicht, wenn du auf die Schattierungen achten möchtest.«

»Welche Schattierungen?«

Ich richtete meine Aufmerksamkeit wieder auf die Wand. Zuerst war es schwer zu erkennen, weil das »Gemälde« von einer spiegelnden Glasplatte bedeckt wurde, doch nach einigem Suchen fiel mir auf, dass der Klecks nach Innen hin immer heller wurde.

»Du musst auf die Ränder der Tropfen achten. Alle hundertsechzig Minuten habe ich die Farbe aufgehellt, damit sich die einzelnen Schattierungen meiner Welt auch in dem Bild widerspiegeln.«

»All die Mühe für einen Farbklecks auf einer Tapete? Ich würde sagen, du verschwendest deine Zeit.«

Das Mädchen kicherte. »Die Mühe *ist* das Kunstwerk, Mister. Das ist einer der Gegensätze, von denen ich gesprochen habe. Wichtig ist das, was du nicht sehen kannst und nicht das, was dir hinter einer Glasscheibe als angebliche Kunst präsentiert wird.«

»Aha.« Ich ließ den Lichtkegel weitergleiten, bis ich das nächste Gemälde fand. »Und was ist das hier?«

»*L'ocelot che brucia.*«

»Du hast gesagt, du sprichst kein Französisch.«

»Das ist kein Französisch.«

»Natürlich.«

Das zweite Gemälde war vollkommen anders als das erste. Es zeigte das bizarre Portrait einer Frau, deren unnatürlich verrenkter und ausgedörrter Körper über und über mit winzigen Nadeln bestickt war. Sie besaß keinerlei erkennbare Gesichtszüge und posierte vor einem giftgrün gehaltenen Hintergrund. Zu ihren Füßen lag eine zerbrochene Krücke.

»Was bedeutet eigentlich der Titel.«

»Der brennende Ozelot.«

Ich schwieg und schaute mir das Bild noch einmal etwas genauer an. Der Himmel war, von ein paar senfgasgelben Wolken einmal abgesehen, vollkommen leer und auch der Boden gab nicht sonderlich viel zu erkennen. Im Hintergrund tanzte eine Gruppe blauer Mäuse um einen rosafarbenen Elefanten herum. Auf der anderen Seite wälzte sich ein gefiedertes Nilpferd in einer Schlammpfütze. Die Frau selbst trug ein durchscheinendes Gewand, das ihr seltsam entrückt am Körper zu kleben schien, so als ob es nur darauf wartete, dass jemand es ihr vom Leib riss. Es wurde lediglich durch ein blaues Möbiusband festgehalten, das sichtlich schmerzhaft an ihre Brust genagelt worden war.

»Ich sehe keinen Ozelot.«

»Gut. Ich wäre auch schockiert, wenn es anders wäre.«

»Dann ist der Titel falsch.«

Das Mädchen lachte. Ich schwenkte die Taschenlampe herum und richtete sie auf ihren Körper, um sie nicht unnötig zu blenden. In dem schwachen Licht wirkte sie wie ein weiteres Gemälde, das unnatürlich frei durch das Zimmer schwebte.

»Tu es une pipe, n'est-ce pas, monsieur?«

»Du sprichst also doch Französisch.«

»Nein, tue ich nicht.« Sie lächelte mich wieder mit ihren unheimlich leuchtenden Augen an. »Du bist wirklich eine Pfeife, Mister. Du siehst das Offensichtliche, ziehst dann aber die falschen Schlüsse, weil jemand anderes behauptet hat, dass es so nicht sein kann. Vielleicht hat der Mann mit der gläsernen Koralle am Ende ja doch recht behalten und unsere Wirklichkeit ist nichts anderes als bloßes Wunschdenken.«

»Und vielleicht bist du auch einfach nur verrückt.«

»Vielleicht.« Sie umschloss meine Hand, die nach wie vor die Taschenlampe auf sie gerichtet hielt, und drehte sie so weit nach oben, bis der Lichtkegel die Decke über uns beleuchtete. »Ich kann es dir auch etwas einfacher machen.«

Ich legte meinen Kopf in den Nacken und starrte an die Decke. Für einen Moment wusste ich nicht, ob ich meinen Kopf schütteln oder lachen sollte. Über uns hingen dicht an dicht zahlreiche Gemälde in allen möglichen Farben, Formen und Größen. Im Zentrum des Lichtkegels war ein breites Feld frei geblieben und himmelblau gestrichen. In einer feinsäuberlichen Schrift hatte jemand zwischen die Bilder ein Gedicht geschrieben und es so angerichtet, dass seine Zeilen die Form eines Herzens annahmen.

Es erblüht im Herz die Blume so fein;
selbst blau gerändert verbleibt sie doch mein.
Doch drinnen im Walde erwächst schon Verdruss,
nicht rauschen die Bäume, nicht murmelt der Fluss,
nicht singen die Träume, nicht flüstert die Nuss
von Freuden im stillen, im wilden Gesang,
wenn der Wandervogel daheim
versagt mir den Kuss
allein.

Ich schüttelte meinen Kopf und massierte mir den Nacken, als ich meinen Blick wieder senkte. Bilder an eine Decke zu hängen, wo niemand sie sehen konnte, ohne sich dabei automatisch auch das Genick zu verspannen, war wirklich eine unsinnige Idee.

»Hast du das geschrieben?«

»Zum Teil. Es ist eigentlich von Hjalmar, aber ich war mit seiner Einstellung nicht einverstanden, also habe ich es verändert. Gefällt es dir?«

»Es... es zeigt zumindest viel Herz.«

Das Mädchen kicherte. »Das tut es, nicht wahr?«

»Möchtest du vielleicht einmal sehen, wo mein Herz liegt?«

Ich nickte vorsichtig. Mir war nicht ganz klar, worauf sie nun schon wieder hinauswollte und in Anbetracht ihres bizarren Kunstgeschmacks wäre es wohl besser, sich vorzeitig zu verabschieden. Doch falls sie vorhatte, mir etwa ihr Lieblingsgemälde zu zeigen, wäre das eine gute Gelegenheit, eine Verbindung zu ihr herzustellen, durch die ich ihr helfen konnte, ihren Wahnsinn hinter sich zu lassen. Immerhin, wie viel verrückter konnte es noch werden?

»Du willst dir aber nicht dein Hemd dafür ausziehen, oder?«

Das Mädchen lachte laut auf und zupfte an seinem Hemdkragen herum. »Vielleicht?«

»Das meinst du nicht ernst, oder?«

Sie wandte sich abrupt von mir ab und eilte durch den Raum hindurch, als hätte ich mich schlagartig in Luft aufgelöst. »Du kannst es dir auf dem Ledersessel dort drüben bequem machen. Das könnte eine Weile dauern.«

Kopfschüttelnd suchte ich mit der Taschenlampe den Raum nach einem Ledersessel ab. Es gab keinen. Um nicht noch mehr Zeit zu verschwenden, setzte ich mich kurzerhand auf einen alten Diwan, der eine freistehende Küchenzeile vom Wohnzimmer abzutrennen schien, und schaltete die Taschenlampe aus. Wer auch immer auf die Idee gekommen war, die Küche und das Wohnzimmer in einem einzigen Raum unterzubringen, musste mindestens ebenso verrückt wie das Mädchen gewesen sein.

Das Mädchen jedenfalls hüpfte leichtfüßig durch ihre Wohnung und schien keine Notiz mehr von mir zu nehmen. Ironischerweise hatte ich aber gerade dadurch das Gefühl, im Zentrum ihrer Aufmerksamkeit zu stehen. Je länger ich sie beobachtete, desto mehr fühlte ich mich, als säße ich in der ersten Reihe eines Theaterstücks, das nur wegen mir aufgeführt wurde. Es gab keine anderen Zuschauer. Ich war Direktor, Publikum und Kritiker in einer Person und die Beurteilung des Mädchens lag ausschließlich in meiner Hand.

Sie selbst schien sich davon nicht beeindrucken zu lassen und tänzelte zwischen den drei Räumen umher, als wäre all das für sie nichts Neues. Aus ihrem Schlafzimmer holte sie den dreibeinigen Hocker und stellte ihn neben das Holzgestell, das nach wie vor seltsam deplatziert die Mitte des Raums einnahm. Anschließend eilte sie ins Badezimmer und kam mit einer Reihe Farbflaschen zurück -Warum sie sie ausgerechnet im Badezimmer lagerte, blieb mir ein Rätsel- und stellte sie auf den Hocker. Schließlich schlenderte sie zu einem massiven Schrank aus dunklem Mahagoniholz und zog behutsam eine bunt eingefärbte Leinwand heraus.

»Ist das dein Lieblingsgemälde?«

»Wie kommst du denn darauf?« Sie schüttelte ihren Kopf. »Nein, das ist bloß eine Vorlage, die ich für dich vorbereitet habe. Mehr nicht.«

»Für mich?«

Sie befestigte die Leinwand an dem Gestell und lief zurück ins Bad. »Ich habe schon damit gerechnet, dass ich dir früher oder später meine Bilder zeigen werde und du sie nicht auf Anhieb verstehen wirst. Stattdessen möchte ich dir vorführen, was ich meine.«

»Das wird keine vierundzwanzig Stunden dauern, oder?«

Aus dem Bad drang ein gedämpftes Kichern. »Nur, wenn du es darauf anlegst, Mister.«

Ich seufzte leise und wandte mich dem Gestell zu. Ihre »Vorlage« wirkte genauso bizarr, wie ihr »Gemälde« mit dem blauen Fleck oder ihre malträtierte Schlafzimmerwand. Der einzige Unterschied zu ihnen bestand darin, dass die Leinwand wie eine Mischung aus beidem wirkte. Sie war von oben bis unten mit bunten Farbklecksen übersät, als hätte ein Blinder Farbe auf ihr verteilt.

»Gefällt dir, was du siehst?«

Das Mädchen lehnte sich lässig gegen den Türrahmen des Badezimmers. In ihrer Hand hielt sie einen kleinen Taschenspiegel.

»Ähm, sicher. Es ist… bunt.«

Sie lachte und befestigte den Spiegel oberhalb der Leinwand am Gestell, bevor sie zurück ins Wohnzimmer eilte, die Vorhänge zuzog und die beiden Türen schloss. Kaum hatte sie das Badezimmer geschlossen, wurde es stockdunkel.

»Was machst du? Ich dachte, du wolltest mir etwas zeigen?«

»Du hast immer noch die Taschenlampe, Mister.«

Ich knipste die Lampe wieder an und wollte gerade einen stummen Fluch über den anhaltenden Unsinn der Schlange ausstoßen, als mir meine Worte im Hals stecken blieben. Das Mädchen hatte sich inzwischen vor die Leinwand gestellt und richtete ihren Spiegel aus. Gemessen an ihren früheren Verrücktheiten hätte das noch eine ziemlich normale Geste sein können, wäre da nicht die Tatsache gewesen, dass ihr Hemd neben ihr auf dem Fußboden lag. Von der Hüfte an aufwärts war sie vollkommen nackt.

»Was soll das?«

»Ich drehe den Spiegel so, dass ich sehen kann, wie du mich beobachtest. Das wäre das erste Mal, dass das Kunstwerk tatsächlich den Betrachter anschaut und nicht nur so tut.« Sie kicherte. »Du kannst den Kopf der Taschenlampe übrigens drehen und damit die Stärke des Lichtkegels einstellen. Wenn du ihn um circa neunzig Grad nach links drehst, blendest du mich nicht beim Arbeiten.«

Ohne darüber nachzudenken, drehte ich am Kopf der Lampe, bis ihr Lichtkegel sich in einen dürren Strahl verwandelt hatte, der kaum mehr als eine Handbreit erhellen konnte. Meine Gedanken kreisten sich noch immer um den entblößten Rücken des Mädchens.

»Das habe ich nicht gemeint. Warum hast du dich ausgezogen?«

»Das habe ich gar nicht. Ich trage immer noch meine Hose.«

»Und dein Hemd?«

»Das brauche ich nicht. Tatsächlich wäre es mir nur im Weg. Wie willst du mein Herz sehen, wenn der ganze Stoff im Weg ist?« Sie nahm ihre Palette in die Hand und trug etwas Farbe auf ihr auf. Ich konnte nicht erkennen, um welche Farben es sich handelte und ich bezweifelte, dass das Mädchen sie besser erkennen konnte als ich. »Darüber hinaus ist es so deutlich bequemer und ich muss mir keine Sorgen um Farbe in meinen Klamotten machen.«

Ich schwieg und während sie Farbe auf ihre ohnehin schon viel zu bunte Leinwand auftrug, ließ ich den Strahl der Taschenlampe langsam über ihren Körper wandern. Mir war es vorher noch nicht aufgefallen, aber das Mädchen besaß für eine Schlange eine gewisse Art von Attraktivität, die sich nur schwer einordnen ließ. Die Beine ihrer Hose waren für ihren Körper etwas zu lang geschnitten und stülpten sich über ihre Füße. Lediglich ein kleines Stück ihrer Ferse blitzte gelegentlich hervor, wenn sie sich etwas streckte oder sich für einen kurzen Moment nach vorne beugte. Je weiter ich den Lichtstrahl jedoch nach oben gleiten ließ, desto mehr schmeichelte die Hose ihr, bis sie sich wie eine zweite Haut an ihren Hintern zu schmiegen schien. Knapp oberhalb des Hosenbunds wölbte sich ihr Bauch nach außen und verriet ein leichtes Übergewicht. Ihr Rücken dagegen war straff und gespannt, schien dabei jedoch nicht übermäßig angespannt zu sein. Jedes Mal, wenn sie sich etwas zur Seite neigte oder frische Farbe auf die Leinwand auftrug, konnte ich einen kurzen Blick auf die Silhouette ihrer Brüste erhaschen. Erste Farbkleckse sprenkelten ihre Haut und ich konnte mir nicht verkneifen, mir vorzustellen, wie sie wohl von vorne aussehen mochte.

»Wie ich sehe, hast du etwas gefunden, was dir an mir gefällt. Ich schätze, das ist ein gutes Zeichen.«

Ich zuckte zusammen. »Was?«

»Der Spiegel, Mister. Oder hast du ihn schon vergessen? Ich kann dich ebenso sehr beobachten, wie du mich.« Das Mädchen lachte. »Hast du dort hinten eigentlich irgendwelche Schuppen entdeckt?«

»Schuppen?«

»Ja, Schuppen. So wie in »*Du bist eine durchgeknallte Schlange und kein Mensch*«. Ich habe mich schon immer gefragt, ob ich mehr nach Anakonda oder Mokassin tendiere.«

»Nein, keine Schuppen.« Ich schüttelte meinen Kopf, auch um das Blut wieder aus meinen Wangen zu vertreiben. »Du solltest es nicht so wörtlich nehmen. Es ist nur ein Name und du wirst dich nicht über Nacht in ein Reptil verwandeln.«

»Nicht? Wo steckt dann der Sinn darin? Ich meine, ich bin ein Mensch aus Haut und Haaren und keine schuppige Echse. Warum muss ich dann genau wie sie einen Namen tragen, der mir von anderen verliehen wurde?«

»Weil du noch kein perfekter Mensch bist. Du bist nicht vollkommen.« Ich lehnte mich nach vorne und stützte mich auf meine Knie. Das war die Gelegenheit, auf die ich die ganze Zeit über gewartet hatte. »Wenn du möchtest, kann ich dir dabei helfen, deinen Wahnsinn hinter dir zu lassen. Du musst nicht so sein, wie du bist. Du kannst noch immer zu einem Menschen werden.«

»Du sagst also, es ist meine eigene Entscheidung?«

»Ja.«

»Warum sind es dann immer die anderen, die mich eine Schlange nennen? Warum nennst du mich eine Schlange? Ich habe mir das nicht ausgesucht.«

»Doch, das hast du. Du verhältst dich wie eine Schlange, redest wie eine Schlange, lebst wie eine Schlange. Du könntest jederzeit damit aufhören, entscheidest dich aber dazu, es nicht zu tun.«

Das Mädchen schwieg für eine Weile und pinselte stumm auf ihrer Leinwand herum. Schließlich hielt sie in ihrer Bewegung inne und blickte mich über ihre Schulter hinweg an. Ihr moosiges Auge glänzte im Licht der Taschenlampe.

»Hast du schon einmal eine Babyschlange gesehen? Oder ein Schlangenkind?«

Ich brauchte einen Moment, bis ihre Worte zu mir durchdrangen und einen Sinn ergaben. Vorsichtig lehnte ich mich zurück und verschränkte die Arme vor der Brust. Ich hatte noch nie wirklich darüber nachgedacht, aber soweit ich mich erinnern konnte, war ich bisher noch nie einer Schlange begegnet, die so jung gewesen wäre.

»Nein, habe ich nicht.«

»Das liegt daran, dass es sie nicht gibt. Niemand wird als Schlange geboren, man wird zu einer gemacht. Es ist nicht deine angebliche Vollkommenheit, die dich zu einem Menschen macht, sondern es sind die von dir gemachten Erfahrungen, die dir das erst ermöglicht haben. Wer sein ganzes Leben lang dagegen als Schlange behandelt wird, hat gar keine andere Wahl, als zu einer heranzuwachsen. Eine eigene Entscheidung ist das nicht.«

Das Mädchen legte Palette und Pinsel aus der Hand und lehnte sich plötzlich gegen die nasse Leinwand. Für einen kurzen Augenblick dachte ich, sie wäre in sich zusammengebrochen oder hätte ihr Bewusstsein verloren, doch dann bemerkte ich das Lächeln in ihrem Gesicht. Ich schüttelte meinen Kopf.

»Lass mich raten: das war kein Versehen.«

»Nope.«

»Willst du mir auch erklären, was das soll?«

»Du wolltest sehen, wo mein Herz liegt. Hier hast du die Antwort.« Sie löste sich vorsichtig von der Leinwand und verursachte dabei ein obszönes Schmatzen, als sich ihre Haut von der feuchten Farbe löste. »Ich bin nun keine Schlange mehr, sondern ein Teil des Kunstwerks geworden. Ich existiere, damit andere mich für das bewundern können, was ich bin.«

»Du willst also, dass ich dich bewundere?«

Anstatt mir zu antworten, drehte sie sich um und lief in Richtung Badezimmer. Ich war mir nicht sicher, da sie ihren Kopf von mir abgewandt hielt, doch schienen sich ihre Wangen gerötet zu haben.

»Ich muss mir die Farbe abwaschen, bevor sie trocknet. Das sollte aber nicht allzu lange dauern. Du kannst dir in der Zwischenzeit ja einmal mein Herz ansehen. Es ist zwar noch nicht fertig, sollte dir aber schon einmal einen ersten Eindruck vermitteln können.«

Sie schloss die Türe hinter sich und ließ mich erneut im Dunkeln zurück. Für eine Weile starrte ich auf den dunklen Umriss der Türe und versuchte meine Gedanken zu ordnen. Die Idee, dass Schlangen nicht einfach aus dem Erdboden krochen, sondern erst geprägt werden mussten, war mir vollkommen neu. Sie war zwar mit Sicherheit irrsinnig, wie so ziemlich alles an dem Mädchen, doch bot sie mir vielleicht gerade dadurch eine gute Möglichkeit, ihr zu helfen.

Dienstag

*SIE ABER SPRACH: ICH WEISS ES NICHT;
SOLL ICH MEINER SCHWESTER HUETERIN SEIN?*

Die letzten zwölf Stufen einer Treppe waren immer die
schwersten. Das Mädchen schien sich mir zwar langsam zu
öffnen und ihren Wahnsinn zumindest zeitweise
beiseiteschieben zu können, doch war und blieb sie eine
Schlange. Der Umgang mit ihr war alles andere als einfach
und kostete mich einiges an Nerven. Auch wenn ich bis zu
einem gewissen Grad langsam tatsächlich so etwas wie
Gefallen an ihrem bizarren Charakter fand, war der Versuch,
mich mit ihr verständigen zu wollen, auf Dauer doch
ausgesprochen anstrengend. Entsprechend widerstrebend
schleppte ich mich die letzten Stufen der Treppe nach oben.

Ich war mir sicher, dass das Mädchen sich ebenso wie
gestern Abend auch wieder hinter der Tür versteckt hielt und
darauf wartete, dass ich bei ihr anklopfte. Es war mir zwar
schleierhaft, warum sie so viel Zeit hinter der Türe
verschwenden wollte, doch konnte ich ihr Verhalten zu
meinem -oder besser: zu ihrem eigenen- Vorteil ausnutzen.
Bloß darauf zu warten, dass sich mir eine gute Gelegenheit
bieten und sie irgendwann meine Hilfe akzeptieren würde,
konnte uns beide noch viel Zeit kosten. Schneller würde es
gehen, wenn ich mir ihren Wahnsinn zunutze machen konnte.

Das Mädchen war vieles, aber willkürlich war sie mit
Sicherheit nicht. Ihr Verhalten mochte seltsam sein, bizarr,
doch folgte sie einer inneren Logik, die zumindest innerhalb
ihrer verdrehten Welt Sinn ergeben mochte. Wenn es mir

gelang, diese verdrehte Logik gegen sie selbst einzusetzen, würde sie vielleicht einsehen, wie unsinnig sie sich verhielt.

Ich schlüpfte aus meinen Schuhen und packte sie in meine Tasche. Der Boden war kalt und rau und dürfte wohl schon seit längerer Zeit keinen Besen mehr gesehen haben, geschweige denn einen funktionstüchtigen Staubsauger. Dennoch schlich ich mich die verbliebenen Stufen auf Zehenspitzen lautlos nach oben und hielt mich dabei möglichst nahe an der Wand. Vor der Türe des Mädchens ging ich in die Knie und atmete noch ein letztes Mal tief durch. Der Staub brannte in meinen Lungen, doch vertrieb das Kratzen im Hals wenigstens meine Nervosität. So lächerlich hatte ich mich schon lange nicht mehr gefühlt. Ich konnte nur hoffen, dass mich auch wirklich niemand dabei beobachtete. Schließlich beugte ich mich nach vorne und spähte durch den Briefschlitz hindurch.

Ich hatte mich nicht getäuscht. Zwei entblößte Beine standen keine dreißig Zentimeter von mir entfernt auf der anderen Seite der Türe. Mit der freien Hand griff ich in meine Tasche und zückte eine weiße Storchenfeder, die ich in einem alten Schreibwarenladen gefunden und speziell für diese Gelegenheit gekauft hatte. Bevor ich es mir anders überlegen konnte, schob ich die Feder durch den Türschlitz und kitzelte das Mädchen an den Waden.

Fast augenblicklich drang ein überraschtes Keuchen durch das Holz. Ich konnte mir ein Grinsen nicht verkneifen. Das Mädchen war nicht auf den Kopf gefallen und musste wissen, dass sie andere ständig aus der Fassung brachte. Zumindest einmal sollte sie selbst erleben, wie es sich anfühlte, auf der anderen Seite zu stehen.

Plötzlich wurde die Tür aufgerissen und ich starrte auf ein paar himmelblaue Shorts. Ich hob meinen Blick und spürte, wie mir mein Grinsen zu einer starren Maske gefror.

»Was in Sets Namen soll das?«

Ich sprang so rasch zurück auf die Füße, dass ich beinahe das Gleichgewicht verloren hätte. Vor mir stand eine weißgekleidete Frau mit dunkelblonden Haaren und braunen Augen. In ihrer linken Hand hielt sie einen geflochtenen Weidenkranz. Wer auch immer sie war, sie war ein Mensch und garantiert nicht die Schlange, die ich erwartet hatte.

»Ich… es tut mir schrecklich leid, ich muss mich wohl in der Adresse geirrt haben.« Ich blickte über ihre Schulter hinweg in die Wohnung. Hinter ihr erstreckte sich ohne Zweifel das Wohnzimmer des Mädchens. Selbst der abgestandene Geruch von Aceton sickerte langsam in den Flur hinaus. Ich räusperte mich verlegen. »Oder viel mehr, ich hatte eigentlich jemand anderen erwartet.«

»Ah, jetzt weiß ich, wer du bist.« Die Gesichtszüge der Frau entspannen sich etwas. Sie wandte sich halb in Richtung des Wohnzimmers und stützte sich dabei mit ihrer freien Hand gegen den Türrahmen. »Hey, Schatz, er ist hier!«

»Schatz?«

Das Wort platzte schneller aus mir heraus als ich einen klaren Gedanken fassen konnte. Zumindest in den letzten zwei Minuten ist mir nichts mehr so peinlich gewesen. Die Frau grinste mich unverhohlen an.

»Du kannst dir deine Fantasien auch sparen. Sie ist meine Schwester.« Sie löste sich vom Türrahmen und streckte mir ihre Hand entgegen. »Du kannst mich Michelle nennen, wenn du willst.«

Ich schüttelte ihre Hand. Sie war weicher als die ihrer Schwester, hatte aber einen kräftigeren Griff.

»Und wenn ich nicht will?«

Für einen Moment schwieg sie und hielt wortlos meine Hand umschlossen. »Wie ich sehe, hast du bereits zu viel Zeit mit meiner *geliebten* Schwester verbracht. Komm rein.«

Michelle zog mich hinter sich her und führte mich in das Wohnzimmer. Sie war deutlich energischer als sie den Anschein erweckte. Ich hatte kaum genug Zeit, die Haustüre hinter mir zu schließen, geschweige denn, meine Tasche abzustellen oder die Feder in ihr zu verstauen. Mischelle zog mich einfach hinter sich her und ließ mich erst los, als sie sich auf das Sofa fallen ließ und den Weidenkranz achtlos auf den Tisch warf. Er hätte beinahe den Apfel mit der Plastikblume über die Kante gefegt.

Ich setzte mich neben sie auf das Sofa und sah mich in der Wohnung um. Auch wenn ich nun schon das dritte Mal hier gewesen bin, war es doch das erste Mal, dass ich mich bewusst in ihrem Wohnzimmer aufhielt, ohne dass ich mir Sorgen um die Schlange auf dem Kissen neben mir machen musste. Gemessen an den anderen Räumen war es beinahe schon *zu* normal. Vor dem Sofa stand ein gläserner Tisch und auf der anderen Seite des Zimmers nahm ein Fernseher den Raum zwischen Bade- und Schlafzimmertüre in Beschlag. An der Decke hing ein kleiner Kronleuchter an einem Eisenhaken und tauchte zumindest diese Ecke der Wohnung in ein warmes Licht. Die Küche am anderen Ende blieb ebenso wie die Bildergalerie in Dunkel gehüllt.

»Sooo. Was hältst du eigentlich von meinem kleinen Schwesterchen?«

»Sie ist überraschend freundlich, würde ich sagen.«

»Du meinst für eine…« Michelle tippte mit ihrem Zeigefinger jeweils kurz unter eines ihrer Augen. »Du kannst es ruhig zugeben. Sie kann einem wirklich auf die Nerven gehen. Ich weiß das vermutlich besser als die meisten anderen.«

»Sie ist manchmal etwas… irritierend, das stimmt.«

»Ha!« Michelle lachte laut auf. »Ich kann verstehen, warum sie einen Narren an dir gefressen hat. Du bist einfach zu höflich, um die Wahrheit auszusprechen. Ich wette, du spielst ihre Spielchen bereitwillig mit, nur um sie nicht zu enttäuschen.«

»Ich weiß nicht, ob ich das wirklich so formulieren würde, aber ich gebe mein Bestes.«

»So wie wir alle.« Michelle beugte sich nach vorne und stützte ihre Unterlippe nachdenklich auf ihre zusammengepressten Zeigefinger. »Hat sie dir eigentlich schon einmal erzählt, was nicht mit ihr stimmt? Warum sie so ist, wie sie ist?«

»Sie ist eine Schlange, das ist offensichtlich.«

»Und sonst nichts?«

Ich schüttelte meinen Kopf. »Sie war bisher wohl zu beschäftigt, mir ihre Kunst zu zeigen, um mir etwas über sich zu erzählen.«

»Kunst.« Michelle verschluckte sich beinahe an dem Wort. So, wie sie es aussprach, hätte es auch gut eine Beleidigung werden können. »Würdest du ihr Gekleckse wirklich noch als »*Kunst*« bezeichnen wollen?«

Ich blickte über meine Schulter in Richtung der abgedunkelten Gemälde, die wie schwarze Schatten an den

Wänden hingen. Michelle hatte durchaus einen Punkt. Die Bilder des Mädchens waren selbst im günstigsten Licht bestenfalls noch gewöhnungsbedürftig. In meine eigene Wohnung würde ich mir etwas Derartiges nicht hängen wollen. So verrückt war ich nun auch wieder nicht.

»Vielleicht ist es keine Kunst im herkömmlichen Sinn des Wortes, ihre Bilder folgen aber vermutlich einem eigenen Kunstverständnis. Es ist Schlangenkunst.«

»Und was macht sie nun zu einer Schlange? Jenseits ihres«, Michelle blickte rasch zur Badezimmertüre hinüber und senkte ihre Stimme, »abnormalen Aussehens, versteht sich?«

»Das hat sie mir noch nicht verraten. Ich denke auch nicht, dass es für sie eine große Rolle spielt.«

Michelle schüttelte ihren Kopf. »Da irrst du dich aber gewaltig. Sie klammert sich an ihre Diagnosen, wie andere an die Ergebnisse und Erfolge ihrer Lieblingsmannschaft.« Michelle beugte sich so weit nach vorne, dass ich ihren Atem auf meiner Wange spüren konnte. »Ich glaube langsam, sie ist richtiggehend stolz auf sie.«

»Das ist Unsinn. Schlange oder nicht, warum sollte irgendjemand stolz darauf sein, ein beschädigtes Leben führen zu müssen?«

Michelle zuckte mit den Schultern und lehnte sich wieder zurück. »Da fragst du die falsche Frau. Ich weiß nur, dass wir inzwischen bei einem halben Dutzend Psychologen waren und jeder hat mindestens eine neue Diagnose für sie. Der erste sagte, sie hat ADHS. Der zweite tippte auf eine manische Depression. Der dritte wollte eine soziophobe Persönlichkeitsstörung erkannt haben, der vierte Borderline. Seit knapp zwei Jahren nun ist sie ein ASS.«

»Ich glaube nicht, dass du sie gleich beleidigen musst. Sie ist immerhin deine Schwester.«

Michelle blinzelte für einen Moment irritiert, grinste mich dann aber breit an. »Nein, nicht wie in »*ass*«. A-S-S. Angeblich steht das für irgendetwas Sperriges wie Autismus Spektrum Störung oder so etwas, aber deine Version ist auch nicht schlecht.«

»Du meinst, sie–«

»Sie ist ein Aspie.«

Mehr aus einem bloßen Gefühl denn aus einer bewussten Entscheidung heraus richtete ich meinen Blick auf die blaue Plastikblume, die noch immer selbstsicher in ihrem Apfel steckte. Es war von Anfang an offensichtlich, dass mit dem Mädchen etwas nicht stimmen konnte – andernfalls wäre sie keine Schlange. Doch eine Schlange war von ihrem Wesen her nichts anderes als ein selbstsüchtiges Reptil, das sein Leiden nicht anerkennen wollte und damit über kurz oder lang aufrichtigen Menschen Schaden zufügte. Nun aber einen konkreten Namen für ihr Leiden zu haben, ließ das Mädchen auf einmal unangenehm persönlich werden. Sie war nicht mehr einfach nur eine anonyme Schlange wie jede andere auch, sondern etwas Greifbares, etwas Eigenes. Es fühlte sich beinahe so an, als wäre unter ihren Schuppen tatsächlich so etwas wie ein richtiger Mensch verborgen.

»Das fühlt sich nicht richtig an. Es passt nicht zu ihr.«

Michelle lachte. »Willkommen in meiner Welt. Wenn es um meine Schwester geht, fühlt sich nichts wirklich richtig an. An manchen Tagen habe ich sogar das Gefühl, dass sie sich nur über mich lustig machen will, dass sie eigentlich vollkommen normal ist und sich nur verstellt, um mir auf die Nerven zu gehen.«

»Zuzutrauen wäre es ihr, nicht wahr?«

»Auf jeden Fall. Ich meine, kannst du dir vorstellen, dass jemand wirklich freiwillig in einer Wohnung wie dieser leben möchte und tatsächlich Gefallen daran findet, seine Wände zu verunstalten? Hast du schon gesehen, was sie mit ihrer Schlafzimmerwand angestellt hat?«

»Die mit den Löchern? Ja, habe ich.«

»Grauenhaft.« Michelle lehnte sich etwas auf die Seite und griff nach einem Schal, der über einem der Sofakissen lag. Mit einer flinken Bewegung ihres Armes wickelte sie ihn sich einmal um die Schultern und führte die beiden Enden zusammen, bis er ihr wie eine Schlinge um den Hals hing. Demonstrativ zog sie den Stoff in die Höhe. »Ich selbst würde mich wohl eher umbringen, als so leben zu müssen.«

»Das ist nicht lustig, Michelle.«

»Finde ich auch.« Sie löste den Schal von ihrem Hals, warf ihn achtlos zurück auf das Sofakissen und zupfte sich einen unsichtbaren Fussel von ihrer Bluse. »Habt ihr zwei eigentlich schon miteinander geschlafen?«

Ich brauchte einen Moment, bevor ich mir sicher war, dass ich mich nicht verhört hatte. »Tut mir leid, aber ich glaube, ich habe deine Frage nicht richtig verstanden.«

»Doch, das hast du. Habt ihr zwei miteinander geschlafen?«

Ich schüttelte langsam meinen Kopf. Schwester oder nicht, das hier war nun doch ein persönlicheres Thema, als ich bereit war, ihr gegenüber anzusprechen. Ich wollte dem Mädchen helfen und sie nicht vor jemand anderem in Verlegenheit bringen. Dass nichts zwischen uns passiert war und ich nicht zulassen würde, dass sich daran etwas änderte, spielte dabei noch nicht einmal eine Rolle.

»Nein, haben wir nicht. Ich möchte ihr wirklich helfen und sie nicht einfach ins Bett bekommen. Außerdem kennen wir uns erst seit zwei Tagen.«

»Pfft. Sie hat recht, du bist wirklich eine Pfeife, oder?«

»Was meinst du?«

»Du sagst, ihr kennt euch erst seit zwei Tagen und trotzdem hat sie dich bereits in ihr Schlafzimmer gebracht, um dir… was zu zeigen? Eine Betonwand mit Löchern? Komm schon. Ich wette, sie hat sich rasch an dich herangekuschelt.«

»Und wenn es so wäre?«

»Dann solltest du wirklich aufpassen, dass du sie nicht allzu nahe an dich heranlässt, oder aber du wirst eine emotionale Zeitbombe am Hals haben. Das Kuscheln ist ihre Form, mit Stress umzugehen. Sie sehnt sich nach Freunden, ist meistens aber zu sehr mit sich und ihren albernen Fantasien beschäftigt, um auch welche finden zu können, die sie und ihren Wahnwitz länger als fünf Minuten aushalten könnten. An den meisten Tagen traut sie sich noch nicht einmal vor die Türe, wenn ich nicht dabei bin, um ihr Händchen zu halten. Wenn sie nun anfängt, mit einem fremden Mann zu kuscheln, den sie erst zwei Tage zuvor kennengelernt hat, kann das nur bedeuten, dass sie wieder verzweifelt genug ist, um allein das Haus zu verlassen.« Michelle neigte ihren Kopf leicht auf die Seite und grinste mich mit einem schelmischen Ausdruck im Gesicht an. »Oder sie ist einfach nur geil wie eine Bergziege.«

Ich schloss für einen Moment meine Augen. »Du solltest wirklich nicht so über deine Schwester reden.«

»Sie ist eine Schlange, oder nicht?« Michelle verdrehte ihre Augen und drückte ihre Zunge gegen die Wange. »Außerdem weißt du, dass ich recht habe. Sie hat sich bereits für dich ausgezogen, oder?«

»Hat sie etwas gesagt?«

»Nicht so viel, wie du.«

Michelle stand auf und zog mich zu der Staffelei hinüber, die noch immer die Leinwand von gestern Abend trug. Das Mädchen war nicht untätig geblieben. Wo gestern noch ein Wirrwarr aus bunten Klecksen vorherrschte, ragte am linken Bildrand nun ein mächtiger Baumstamm empor und streckte einen seiner Äste quer über die Leinwand. Im Zentrum des Gemäldes prangten noch immer die beiden Farbabdrücke ihrer Brüste, doch hatten sie inzwischen die Form überreifer Äpfel angenommen. Ein kleiner Zettel lehnte am unteren Ende gegen die Leinwand und sollte wohl einen vorläufigen Titel festhalten: *Wenn Äpfel träumen.*

»Sie hat den ganzen Morgen über an diesem Baum herumgepinselt und ihre Arbeit erst kurz vor deiner Ankunft unterbrochen. Deswegen hast du auch mich hier angetroffen und nicht meine Schwester. Sie steht gerade unter der Dusche und wäscht sich die ganze Farbe vom Körper. Manchmal kann sie wirklich ein kleines Ferkel sein.«

Michelle wandte sich abrupt von mir ab und lief zum Badezimmer hinüber. Ohne zu zögern, öffnete sie die Türe und steckte ihren Kopf hinein.

»Ich gehe jetzt. Sieh zu, dass du nicht mehr allzu lange dort drinnen brauchst. Deinem kleinen Freund wird sonst noch langweilig.«

Sie schloss die Türe wieder, ohne eine Antwort abzuwarten, und eilte an mir vorbei auf die Haustüre zu. Sie schien es auf einmal ziemlich eilig zu haben.

»Hat mich gefreut, dich kennenzulernen. Du scheinst ein netter Typ zu sein. Falls du sie wirklich flachlegen möchtest, hast du meinen Segen. Du solltest dir aber lieber jemand normaleren suchen. Das ist auf Dauer besser für die Nerven.«

»Du meinst, jemanden, wie dich?«

Michelle hielt im Türrahmen inne und verharrte für einen Augenblick in ihrer Position. Schließlich zwinkerte sie mir zu und schloss die Tür hinter sich.

»Vielleicht.«

Es dauerte vielleicht noch fünf Minuten, bis das Mädchen aus dem Badezimmer trat. Sie trug ein paar beige Shorts aus Denim und ein schwarzes T-Shirt, das an seinen Seiten mit orange-roten Tigerstreifen verziert war und ein paar Zentimeter über ihrem Bauchnabel endete. Ihre Haare hingen ihr feucht schimmernd über die Schulter. Nass, wie sie waren, glänzten sie wie schwarze Seide.

»Hey, Mister. Hast du lange gewartet?«

»Nein, nur ein paar Minuten.«

Das Mädchen lächelte. Vielleicht lag es an meinem Gespräch mit Michelle, aber sie wirkte heute anders als in den letzten Tagen. Jünger. Zerbrechlicher. Verletzlicher. Ihr Gang hatte die Leichtfüßigkeit verloren, die sie gestern noch an den Tag gelegt hatte und war einem staksenden Schlurfen gewichen. Ihre Schultern waren leicht eingesunken, ihre ganze Haltung vornübergebeugt. Ihre Hände hielt sie seltsam angewinkelt vor ihrem Bauch verschränkt, sodass ihre Finger nervös aneinander herumnesteln konnten. Hatte das Mädchen sich über Nacht so sehr verändert oder waren mir diese Details vorher einfach nicht aufgefallen?

»Ist etwas nicht in Ordnung?«

»Hm, was?«

»Du lächelst mich an.«

»Ist das nicht in Ordnung?«

»Es ist das falsche Lächeln.«

Ich zögerte für einen Augenblick. »Wie kann ein Lächeln falsch sein?»

»Wenn es mit den Lippen, aber nicht den Augen aufgesetzt wird. Es ist das Lächeln von Totengräbern und Menschen, die einen Zoo besuchen.« Für einen kurzen Moment huschte ein grauer Schatten über ihr Gesicht. »Du hast mit Michelle gesprochen, oder? Was hat sie gesagt?«

Ich zuckte mit den Schultern und bemühte mich, möglichst gelassen dabei zu wirken. Ich glaube nicht, dass es mir sonderlich gut gelungen ist. »Nichts, was meine Meinung von dir ändern würde. Sie hat mir erzählt, dass du ein Aspie bist.«

»Diese Schlange!« Ein angriffslustiges Funkeln war in ihre Augen getreten, verschwand jedoch ebenso schnell wieder, wie es erschienen ist. Stattdessen wich es einem breiten Grinsen. Die Ironie war anscheinend auch ihr nicht entgangen.

Ich grinste zurück und hoffte, dass es dieses Mal natürlicher wirkte. »Es ist schon in Ordnung. Du warst vorher eine Schlange und wirst auch jetzt noch eine bleiben. Der einzige Unterschied besteht darin, dass ich nun zumindest weiß, unter welchen Stein ich schauen muss, um dich zu finden.«

»Du hast mich auch vorher schon gefunden.«

»Aber ich wusste nicht, wonach ich Ausschau halten musste.« Ich breitete meine Arme aus. »Komm her.«

Das Mädchen musterte mich argwöhnisch. »Was soll das?«

»Wonach sieht es denn aus? Ich biete dir eine Umarmung an.«

»Du hast mich vorher auch nicht umarmt.«

»Doch, das habe ich.«

»Aber immer erst, nachdem ich damit angefangen habe.«

»Macht das einen Unterschied?« Meine Arme wurden langsam schwer. »Eine Umarmung ist eine Umarmung.«

Sie schüttelte ihren Kopf. »Nicht, wenn sie von einer Würgeschlange ausgeführt wird.«

»Ich bin keine Schlange.« Ich ließ meine Arme sinken. Das Mädchen machte es mir wirklich nicht gerade einfach. »Möchtest du überhaupt umarmt werden?«

»…ja?«

»Wo liegt dann das Problem?«

Das angriffslustige Funkeln trat in ihre Augen zurück und ihr ganzer Körper spannte sich an wie eine überzogene Feder. »Ich brauche kein Mitleid, Mister. Weder von dir noch von Michelle. Wenn ihr jemanden bemitleiden möchtet, kauft euch eine Packung Rosinen.«

»Rosinen?«

Das Mädchen entspannte sich augenblicklich. Der Zorn wich aus ihren Gesichtszügen und hinterließ nichts als ein unschuldiges Lächeln. Die Geschwindigkeit, mit der ihre Stimmung nicht nur einmal, sondern gleich zweimal in kurzer Folge umgekippt war, war bestenfalls furchteinflößend.

»Naja, sie sind klein und süß und innerlich bereits tot. Sie können sich nicht wehren, wenn ihr auf sie herablächeln wollt.« Ohne Vorwarnung trat sie plötzlich auf mich zu und schloss mich in ihre Arme. »Ich bin keine Rosine, Mister, sondern eine Traube. Vergiss das nicht.«

Ich brauchte einen Moment, bevor ich reagierte und meine Hände vorsichtig auf ihren Rücken legte. Sie war eine Schlange, durch und durch, doch war ich mir nicht sicher, ob ich eine Klapperschlange oder eine Blindschleiche vor mir hatte. Das Mädchen dagegen schien mit sich selbst im Reinen zu sein und schmiegte sich noch enger an mich. Ihre Finger strichen ungelenk über meinen Rücken und verhedderten sich dabei immer wieder im Stoff meines Hemdes. Wie sie das anstellte, war mir unerklärlich. Mein Hemd war gebügelt und warf keine Falten.

Sie lehnte sich etwas zurück und wollte offensichtlich etwas sagen, überlegte es sich dann jedoch anders und schmiegte sich wieder an mich. Stattdessen stieg mir der Duft ihres Shampoos in die Nase und kitzelte meine Augen. Apfel und Aceton. Sie musste wirklich den ganzen Tag lang an dem Bild weitergearbeitet haben, wenn selbst eine ausführliche Dusche es nicht geschafft hatte, den beißenden Geruch der Chemikalie völlig abzuwaschen oder zu übertünchen. Eines musste ich dem Mädchen wirklich lassen. Wenn schon nichts anderes, so war sie doch zumindest ausgesprochen fleißig. Ihre Ideen mochten vielleicht vollkommen verrückt sein, doch der Eifer, mit dem sie sie in Angriff nahm, war beachtenswert.

…oder sie ist einfach nur geil wie eine Bergziege.

Mit einem Mal musste ich wieder an Michelles Worte denken. Sie kannte ihre Schwester besser als ich und musste sie daher auch besser einschätzen können. War das hier also nichts anderes als die seltsame Art des Mädchens, mit jemandem zu flirten?

Ich konnte mich nicht daran erinnern, schon einmal eine Schlange flirten gesehen zu haben, geschweige denn, jemanden abschleppen zu wollen. Soweit man es sagen konnte, waren Schlangen die perfekten Einzelgänger, nur an sich selbst interessiert und unfähig, sich auf jemand anderen einzulassen. Und für einen Aspie wie das Mädchen musste das gleich doppelt gelten, waren sie doch von vornherein kaum in der Lage, klare Gefühle zu entwickeln. Sie waren, praktisch gesprochen, mentale Eunuchen. Asexuell.

Doch wenn ich nun so darüber nachdachte, widersprach das dem ersten Prinzip von Rahs *Logik des Irrationalen*. Seiner Ansicht nach bestand die Grundlage menschlichen Handelns direkt oder indirekt immer aus dem Wunsch nach sexuellen Kontakten. Dabei war es unerheblich, ob man es mit einem Teilchenphysiker oder einem psychedelischen Künstler zu tun hatte. Der Wunsch nach Sex trieb sie alle voran oder beeinflusste maßgeblich ihre Arbeiten. In seinen eigenen Worten: »*Die beste Literatur wird mit den Keimdrüsen geschrieben*«.

Das Mädchen jedenfalls war definitiv eine Schlange und sollte daher eigentlich kein authentisches Interesse an Sex haben. Doch alles, was ich bisher von ihr gesehen habe, schien im Widerspruch zu sich selbst zu stehen. Sie sprühte geradezu vor bizarrer Kreativität und falls Rah tatsächlich recht behalten sollte, musste sie ein mindestens ebenso bizarres Maß an Sexualität besitzen. Es wäre also durchaus möglich, dass sie so etwas wie ein Interesse an mir entwickelt haben könnte, oder?

»Was hältst du eigentlich von Michelle?«

»Huh?« Ich war so sehr in meine Gedanken versunken gewesen, dass ich noch gar nicht bemerkt hatte, wie das Mädchen mich auffordernd anstarrte. »Was meinst du?«

»Michelle, Mister. Blond, braune Augen, Mensch. War bis vor kurzem noch in meiner Wohnung und hat eine ziemlich hohe Meinung von sich. Ich bin mir sicher, dass du sie nicht übersehen haben kannst. Was hältst du von ihr?«

»Sie scheint, uh, nett zu sein.«

»Nett.« Sie rollte das Wort auf ihrer Zunge herum, als hätte sie eine saure Beere erwischt. »Willst du mit ihr schlafen?«

»Was? Du bist doch nicht etwa eifersüchtig auf sie, oder?«

»Nein. Sie ist attraktiv.«

»Natürlich ist sie das, sie ist ein Mensch.«

»Du findest also alle Menschen attraktiv?«

»Natürlich. Sie sind Menschen, sie sind vollkommen. Daher sind sie auch attraktiv.«

Sie blinzelte mich an, schwieg aber für einen Moment. »Und was ist mit mir?«

»Ich schätze, du bist auch attraktiv. Für eine Schlange zumindest.«

Das Mädchen flirtete also doch mit mir oder versuchte es zumindest. Vielleicht sollte ich ihr später einmal zeigen, wie sie sich nicht so ungeschickt dabei anstellte.

»Das meine ich nicht.« Sie wand sich aus meiner Umarmung heraus und trat demonstrativ einen Schritt zurück. »Michelle. Du findest sie attraktiv, weil sie wie ein Mensch aussieht, sich wie einer verhält. Du hältst sie für vollkommen.«

»Ja?«

»Ich bin nicht vollkommen. In deinen Augen bin ich kein Mensch, nicht attraktiv. Und trotzdem stehst du in meiner Wohnung, bist zu mir gekommen, redest mit mir statt über mich oder versuchst es zumindest. Warum?«

»Weil ich dir helfen möchte.«

»Ich habe dich nicht um Hilfe gebeten.«

»Trotzdem hast du sie gebraucht.«

»Trotzdem habe ich nicht um sie gebeten.« Das Mädchen verschränkte seine Arme vor der Brust. »Du hast mich gesehen und einfach angenommen, dass ich deine Hilfe brauchen würde, dass ich nur auf dich gewartet habe.«

»Worauf willst du hinaus, Schlange?«

Ich biss mir sofort auf die Zunge, doch das Wort war bereits gesprochen. Das Mädchen grinste mich an.

»Siehst du? Genau das meine ich. Sobald ich anfange, dir zu widersprechen, bin ich wieder die alte Schlange, die nichts von deiner Welt verstehen kann, weil sie sich augenscheinlich nicht einmal selbst versteht. Wie auch? Ich bin immerhin ein Aspie, ein seelischer Krüppel. Stimme ich dir aber zu, versuchst du zumindest mich wie einen Menschen zu behandeln – wie ein unmündiges Kind.« Sie reckte mir stolz ihr Kinn entgegen. »Du willst mir nicht helfen, weil es mir tatsächlich nützen könnte, sondern weil es deinem Ego schmeichelt. Aber weißt du was? Du bist nicht der verdammte Messias, sondern eine Schlange wie wir anderen auch. Du willst es nur nicht wahrhaben.«

Ich war sprachlos. Inzwischen hätte ich dem Mädchen vieles zugetraut, doch einen so raschen Wandel hin zu einer giftspeienden Natter hatte ich nicht erwartet. Ich konnte spüren, wie mir die Zornesröte ins Gesicht stieg und es kostete mich meine ganze Kraft, um nicht einfach kehrt zu machen und die Schlange sich selbst zu überlassen. Sie konnte sagen, was sie wollte, aber ich würde sie nicht so einfach aufgeben, wie sie sich das vielleicht vorstellte. Ich schluckte meine Wut so gut es ging hinunter und fixierte ihre Augen.

»Und was willst du nun von mir?«

»Von dir? Nichts.«

»Red' keinen Unsinn. Natürlich willst du etwas von mir.«

Sie schüttelte ihren Kopf. »Ich will lediglich wie ein Mensch behandelt werden. Ich will ernst genommen werden und eine Stimme haben, die auch gehört wird. Und ich will, dass du mir eine Antwort auf meine Frage gibst.«

»Welche Frage?«

»Willst du mit Michelle schlafen.«

Ich bemerkte den Ausdruck in den Augen des Mädchens und sparte mir weitere Ausflüchte. »Ja.«

Mittwoch

*DIE SCHMACH BRICHT MIR MEIN HERZ UND MACHT MICH KRANK.
ICH WARTE, OB JEMAND MITLEID HABE, ABER DA IST NIEMAND,
UND AUF TRÖSTER, ABER ICH FINDE KEINE.*

Das *Grenelle* war nicht das, was ich erwartet hatte. Wie bei allem anderen auch, was auch nur im Entferntesten mit Schlangen zu tun hatte, war das *Grenelle* ein betonter Widerspruch in sich selbst. Von außen machte es denselben heruntergekommenen Eindruck, wie die anderen Gebäude, in denen offensichtlich mehr Schlangen lebten als Menschen mit Verstand. Tatsächlich übertraf das *Grenelle* die anderen noch dadurch, dass es völlig verschleierte, um was es sich eigentlich handelte. Seine Frontseite wurde durch zwei breite Schaufenster dominiert, die jeweils einen anderen Laden dahinter vermuten ließen. Wer vor dem linken Schaufenster stand, bekam den Eindruck, dass es sich um einen ehrwürdigen Bestatter handelte, der es sich in seinem eigenen Herbst einfach nicht mehr leisten konnte, die Fassade des Gebäudes renovieren zu lassen. Wer vor dem anderen Fenster stand, würde wohl denken, dass es sich um das Geschäft einer Tarotkartenlegerin handelte. Die gemeinsame Vordertüre blieb in beiden Fällen jedoch verschlossen. Nur wer durch den versteckten Seiteneingang eintrat, konnte feststellen, dass es sich um eine Art Kneipe handelte.

Eine *Schlangen*kneipe.

Wie die Wohnung des Mädchens auch, war das Innere der Kneipe deutlich ordentlicher als der erste Eindruck es vermuten ließ. Decke und Wände waren holzgetäfelt und der

Boden bestand aus gefliesten Marmorplatten. Die Tische waren in einzelne Inseln aufgeteilt und durch hohe Trennwände voneinander abgeschirmt, wodurch der ganze Raum seltsam beengt wirkte. Überhaupt waren die Farben und das Licht ungewöhnlich stark gedeckt, sodass über allem ein diffuses Gefühl von Mattheit lag. Es war keine unangenehme Atmosphäre, aber zumindest für meinen Geschmack doch etwas arg befremdlich. Das Mädchen musste meine Verwirrung wohl gespürt haben und ergriff meine Hand.

Kaum hatte sich die Türe hinter uns geschlossen, richtete der Mann am Tresen seine Aufmerksamkeit in unsere Richtung, stand jedoch nicht auf oder legte auch nur seine Zeitung beiseite. Er raschelte lediglich etwas mit dem Papier und schielte über dessen Rand hinweg.

»Ah, encore une fois le soleil avien se lève sur la ruine du Guernica. C'est lui ton copain, ma petite jument?«

»Quelle est la longueur d'une ficelle, Claude?« Das Mädchen zuckte mit den Schultern. »Je pense, qu'il est un serpent déguisé. Soit ça, soit quelqu'un qui peut apprendre à écouter.«

Der Barmann grummelte etwas Unverständliches vor sich hin, bevor er seine Zeitung sorgsam zusammenfaltete und sie schließlich vor sich auf den Tresen legte. »Ton table est occupée depuis 19h37. Mais que diriez-vous le radeau?«

»Ça suffit, mais j'espère que cette fois il contiendra moins de Savigny. Il me donne des brûlures d'estomac.«

Der Barmann wedelte ungeduldig mit der Hand, gab sich jedoch ersichtlich Mühe, ein Grinsen zu verkneifen. Vermutlich konnten sich Schlangen untereinander besser verständigen als mit einem Menschen. Ich jedenfalls verstand kein Wort.

»Du sprichst Französisch?«

»Wer tut das nicht ab und zu? Daran ist nichts Verkehrtes. Ich habe gehört, dass es drüben in Frankreich angeblich viele Menschen geben soll, die es wagen, selbst in der Öffentlichkeit ungeniert Französisch zu sprechen. Kannst du das glauben?«

»Nicht wirklich. Aber wir sind hier auch nicht in Frankreich.«

»Es wäre auch wirklich langweilig, wenn es so wäre. Dann müsste ich Englisch lernen. Oder Deutsch. Uagh.« Sie schüttelte sich. »Come this way, mister. Hier entlang.«

Der Tisch, zu dem sie mich schließlich führte, war mindestens ebenso seltsam, wie die gesamte Kneipe. Er bestand aus zwei um jeweils eine Handbreit versetzte Platten, die sich bei Bedarf anscheinend in die Wand hineinschieben ließen. Auch die Sitze schienen mit einer Art Federhalterung ausgestattet worden zu sein und schwebten seltsam frei in der Luft herum. Das Mädchen stellte ohne zu zögern ihre Tasche auf einen der Sitze und ließ sich auf den Platz daneben nieder. Sie hatte mir immer noch nicht verraten, warum sie darauf bestand, eine so schwere Tasche mit sich herumzuführen, wenn sie mir einfach nur diese Kneipe zeigen wollte. Sie hatte mit Sicherheit noch irgendetwas vor. Ich setzte mich ihr gegenüber an den Tisch.

»Was soll eigentlich die komische Aufmachung hier?« Ich beugte mich über die beiden Tischplatten zu ihr hinüber und senkte meine Stimme, damit der Barmann mich nicht hören konnte. »Warum ist hier nichts festgeschraubt?«

»Das hier ist eine Schlangenkneipe, Mister. Sie ist nicht für Leute wie dich gedacht, sondern für alle anderen, die ansonsten keinen Platz haben, an dem sie willkommen wären. Oder kannst du mir auch nur ein anderes Lokal zeigen, das an seinen Tischen genügend Platz für einen Rollstuhl hat?« Sie löste einen Haken an der Wand und schob mit ihrer rechten Hand eine der beiden Tischplatten in die Versenkung hinein, während sie mit der anderen ihren Sitz nach hinten klappte. Mit einem leisen Klicken blieb er an der Wand in ihrem Rücken hängen »Voilà! Platz für zwei und einen Krüppel.«

»Ich glaube nicht, dass ausgerechnet du einen Rollstuhlfahrer als Krüppel bezeichnen solltest.«

»Ich habe auch von dir gesprochen.« Sie klappte ihren Stuhl wieder nach unten und zog die Tischplatte aus der Wand heraus. »Ob du es wahrhaben willst oder nicht, aber hier im Grenelle bist *du* der Krüppel.«

Ich lehnte mich auf die Seite und spähte um den Sichtschutz herum. Ich konnte ihr in diesem Punkt wirklich nicht widersprechen. Außer uns beiden war vielleicht noch ein halbes Dutzend anderer »Leute« hier. Sie alle waren schon von weitem als typische Schlangen zu erkennen und entsprachen sogar noch mehr dem Klischee als das Mädchen. Ein junger Mann am anderen Ende der Kneipe erwiderte meinen Blick und musterte mich mindestens ebenso sehr wie ich ihn. Selbst unter all den seltsamen Gestalten in diesem Raum stach er noch hervor. An seinem Körper befanden sich mehr Metallteile und Zahnräder als man selbst im Inneren einer antiken Uhr erwarten würde. Nichts davon schien einen praktischen Nutzen zu haben und war ganz bestimmt keine medizinische Notwendigkeit. Wäre er mir auf der Straße begegnet, hätte ich vermutlich die nächstgelegene Psychiatrie verständigt – ihnen fehlte offensichtlich ein Patient.

Für einen Moment starrte er mich an, als wäre ich eine offene Wunde, die es unverzüglich zu verschließen galt. Seine Augen wirkten durch seine Monokel-artige Brille uneinheitlich groß und verliehen seinem Gesicht das Aussehen eines Mischwesens aus Eule und Kröte. Schließlich schüttelte er kaum merklich seinen Kopf und wandte sich wieder seinem Gesprächspartner zu. Das Mädchen kicherte.

»Das ist TikTok. Lass dich von seinem Aussehen nicht täuschen, er ist ziemlich nett und ausgesprochen geschickt, wenn mal etwas Technisches zu Bruch gegangen ist. Sage ihm allerdings niemals, dass er eine Schraube locker hat – oder er wird dich so lange festnageln, bis er herausgefunden hat, um welche Schraube es sich ganz genau handelt. Das letzte Mal, als das jemand bei ihm versucht hat, ist er jedes einzelne Metallteil an seinem Anzug durchgegangen, bis er sich davon überzeugt hatte, dass sie alle fest genug saßen. Ich glaube, damals waren es noch 237.«

»Aha.« Ich verlagerte mein Gewicht auf dem Sitz und versuchte mich etwas zu entspannen. »Warum habe ich das Gefühl, dass die Welt gerade ihren Verstand verloren hat?«

»Vielleicht weil sie es getan hat? Andernfalls bräuchten wir das Grenelle nicht.«

»Das war nicht, was ich gemeint habe.«

»Ich weiß.« Sie zuckte mit den Schultern. »Aber es spielt auch keine Rolle. Ich meine, wie kannst du dir sicher sein, welche Welt nun gerade den Verstand verliert, wenn du nur eine von beiden kennst?«

»Das ist einfach. Eure Welt ist nicht real, sie existiert nur in euren Köpfen.«

»Du meinst, weil wir in euren Augen behindert, verkrüppelt oder einfach nur andersartig sind? Don't be a cunt, mister. Oder war es Irene? Ich bringe die beiden irgendwie immer durcheinander.« Sie kratzte sich an der Nase. »Eigentlich spielt das auch keine Rolle. Es sind nur Worte, ohne jede Bedeutung. Leute wie du verwenden sie, um zu erklären, warum wir nicht so sind, wie ihr es seid. Für uns selbst spielen sie oftmals keine große Rolle, pressen uns aber dennoch in von euch vorgegebene Formen hinein.«

»Mhm-mh.« Gestern noch hätte ich dem Mädchen augenblicklich widersprochen und zweifelsohne eine entsprechend schnippische Antwort erhalten. Inzwischen war ich mir jedoch sicher, dass sie tatsächlich an diesen Unsinn glaubte. Michelle hatte recht. Das Mädchen und die anderen Schlangen liebten ihre Diagnosen. »Wenn sie wirklich ohne Bedeutung für euch wären, woher weiß du dann, dass du wirklich autistisch bist?«

»Woher weißt du, dass du wirklich verliebt bist?«

»Weil es offensichtlich wäre.«

»Ist es das?« Sie blickte mir auf einmal seltsam eindringlich in die Augen. »Liebe ist ein Gefühl, das an deinen Körper gebunden ist. Du kannst es nicht weitergeben oder offen mit anderen vergleichen. Woher weißt du, dass das, was du als Liebe empfindest, auch das gleiche ist, was ich empfinde? Oder Michelle?« Sie stand, ohne eine Antwort von mir abzuwarten, unvermittelt auf und trat in den Innenraum der Kneipe. »Hey, Leute. »Hund«?«

»Große Töle.«

»Kleiner Kläffer.«

»Schäferhund.«

»Zwergspitz.«

»Begossener Pudel.«

»Schmeckt nach Hühnchen.«

»Riecht wie Mensch.«

Die Schlangen brachen in Gelächter aus und auch das Mädchen kicherte, als sie sich zurück auf ihren Platz sinken ließ. »Siehst du? Jeder versteht, was ich unter dem Wort »Hund« gemeint habe, aber jeder denkt dabei an etwas anderes. Das Wort selbst kann vieles, aber es kann weder bellen noch mit dem Schwanz wedeln. Für den dahinterstehenden Hund spielt das keine Rolle. Er schaut dich einfach nur mit großen Augen an und wartet darauf, dass du ihn endlich streichelst.«

»Worauf willst du hinaus?«

»Krüppel, behindert, Schlange… das sind nur Worte. Sie sind nicht die Realität, beschreiben sie noch nicht einmal. Sie bilden lediglich das ab, was ihr euch unter ihr vorstellt. Im Grunde genommen sind sie nichts anderes als ein Kuckucksei, das unter dem Mitwissen eines Mannes namens René in ein Nest gelegt wird. Zumindest hat das jemand einmal behauptet.«

»Du willst mir also sagen, dass ich nicht in der Lage bin, den Unterschied zwischen Realität und Einbildung zu erkennen, weil ich mit meinen Worten nur das beschreiben kann, was ich mir selbst ohnehin bloß einbilde?«

Das Mädchen starrte für einen Moment auf seine Finger. »Ich denke schon, ja.«

»Das ist Unsinn. Ich denke, du versuchst dir eine Erklärung zusammenzubasteln, die dir deine Behinderung erklärt und ihr einen Sinn verleiht, wo keiner dahinter steckt. Du möchtest dazugehören, kannst dich aber nicht dazu überwinden, dir einzugestehen, dass etwas mit dir nicht stimmen könnte, dass du nicht vollkommen bist, dass du Hilfe brauchst.«

»Findest du?« Sie legte ihren Kopf auf die Seite und blinzelte mich an. Für einen kurzen Moment verschwand jeder Ausdruck aus ihren Augen und ich hätte genauso gut das Gesicht einer echten Schlange vor mir haben können.

»Und was würdest du sagen, wenn ich dir beweisen könnte, dass du dich irrst? Dass es keine greifbare Wirklichkeit gibt und du nur das siehst, was du sehen möchtest?«

»Ich würde sagen, dass du das nicht kannst.«

Zu meiner Überraschung nickte das Mädchen. »Du hast recht, das kann ich nicht. Das kannst nur du selbst.« Sie neigte sich auf die Seite und öffnete ihre Tasche. Nach einem Moment des Stöberns zog sie eine kleine Augenbinde heraus und ließ sie über die beiden Tischplatten hinweg in meine Richtung schlittern. »Hier. Zieh die an.«

Ich starrte auf das faltige Stück Stoff. »Warum?«

»Weil du mir sonst nicht glauben würdest.«

»Vermutlich nicht.«

Ich griff mir die Augenbinde und stülpte sie mir über mein Gesicht. An jedem anderen Ort wäre mir das peinlich gewesen, doch hier würde ich vermutlich stärker auffallen, wenn ich in Anzug und Krawatte eintreten würde. Eine Augenbinde dürfte im Vergleich dazu eher wie ein Tarnanzug im Dschungel wirken. Tatsächlich funktionierte sie mindestens genauso gut, nur eben mit umgekehrtem Vorzeichen. Die Kneipe um mich herum löste sich in ein schwarzes Nichts auf und verschwand aus meinem Bewusstsein. Ich fühlte mich schon beinahe wohl.

»Hier, nimm meine Hand und lass mich nicht los. Ansonsten funktioniert es nicht. Ich brauche ein paar Minuten.« Das Mädchen griff sich meine Hand und zog sie zu sich hinüber. Ihre Finger schmiegten sich zärtlich gegen meine Handfläche. Es war eine überraschend angenehme Berührung. »Hast du es eigentlich ernst gemeint? Das mit Michelle?«

»Du meinst…?«

»Dass du mit ihr schlafen wollen würdest.«

»Ja, ich denke schon.«

»Du denkst es? Du bist dir also nicht sicher?«

»Natürlich bin ich mir nicht sicher.« Ich zuckte mit meinen Schultern, doch fühlte sich die Bewegung im Dunkeln irgendwie halbherzig an. »Finde ich Michelle attraktiv? Ja. Gefällt mir die Vorstellung, mit ihr zu schlafen? Sicherlich. Aber ob ich es auch wirklich tun würde, weiß ich nicht. Ich habe sie nur ein einziges Mal getroffen und selbst dann haben wir uns in erster Linie über dich unterhalten. Ich weiß bislang überhaupt nichts von ihr, außer dass sie deine Schwester ist. Praktisch gesprochen kenne ich sie noch nicht einmal.«

»Aber du würdest es in Erwägung ziehen?«

»Falls sich die Gelegenheit dazu ergibt und wir uns vorher etwas besser kennenlernen… ja, würde ich.«

»Gut.« Ich war mir nicht sicher, was das Mädchen damit ausdrücken wollte. In ihrer Stimme lag eine gewisse Gleichgültigkeit, die weder Freude noch Eifersucht oder auch nur irgendetwas dazwischen auszudrücken schien. Es war eine bloße Feststellung ohne ersichtliches Urteil, kalt und distanziert. »Und was ist mit mir?«

»Meinst du es dieses Mal ernst oder verstehe ich dich schon wieder falsch?«

»Natürlich meine ich es ernst. Ich bin eine Schlange, kein Mensch, unvollkommen und behindert. Ich bin nicht wie Michelle und werde es auch niemals sein.«

Auf einmal schlossen sich die Finger ihrer rechten Hand um mein Handgelenk. Ich zuckte zusammen. Für einen kurzen Moment hielt das Mädchen inne, bevor sie ihre linke Hand von mir löste und meinen Arm weiter zu sich herüberzog. Meine Finger glitten dabei über ihre Haut hinweg und verursachten bei ihr eine deutlich spürbare Gänsehaut. Mir selbst stellten sich die Haare zu berge. Dennoch hielt sie kein einziges Mal in ihrer Bewegung inne, sondern führte meine Finger über ihre Schulter hinweg und um ihren Hals herum, bis sie nach einem erneuten Wechsel ihrer Hand wieder die Finger ihrer anderen Hand umschlossen.

»Würdest du dennoch mit mir schlafen wollen?«

Ihr seltsames Spiel mit meinen Fingern und die überhaupt nicht dazu passende Gleichgültigkeit in ihrer Stimme irritierten mich so sehr, dass ich für einen Augenblick keinen klaren Gedanken fassen konnte. Das Mädchen war auf seine eigene Weise attraktiv. Wären da nicht ihre unnatürlichen Augen und ihr bizarrer Kleidungsstil gewesen, könnte man sie äußerlich durchaus für einen Menschen halten. Was ihren Charakter anging, fand ich langsam durchaus so etwas wie Gefallen an ihren Verrücktheiten – zumindest an den kleineren. Ich war zwar nach wie vor der Ansicht, dass es besser für sie wäre, sie abzulegen und zu einem vollwertigen Menschen zu werden, doch verstand ich inzwischen, dass es ausgerechnet ihre Verrücktheiten waren, die ihr ihren Charakter verliehen. Ohne sie wäre sie ein Mensch wie jeder andere auch. Attraktiv, freundlich, liebenswürdig. Doch mit ihnen war sie etwas Einzigartiges. Sie mochte vielleicht nicht im herkömmlichen Sinn des Wortes attraktiv sein und ihre Verrücktheiten waren in den meisten Fällen anderen Menschen gegenüber bestenfalls unfreundlich, wenn nicht gar eine beleidigende Provokation. Doch war sie deswegen bereits automatisch liebens*un*würdig?

Die plötzliche Erkenntnis, dass ich langsam so etwas wie Verständnis für eine Schlange entwickelte, traf mich wie ein Hammerschlag. Mir wurde schwindlig und kleine Sterne tanzten vor meinen Augen. Ich schüttelte vorsichtig meinen Kopf, um den Schwindel zu vertreiben.

»Wenigstens bist du ehrlich.«

»Was?«

»Ist schon in Ordnung, das ich habe mir bereits gedacht.« Das Mädchen lachte und ihr altes Wesen war in ihre Stimme zurückgekehrt. Auch wenn ich auf die Schnelle nicht meinen Finger darauflegen konnte, kam mir ihr Lachen merkwürdig vertraut vor. »Du kannst die Augenbinde jetzt herunternehmen, Mister. Ich habe eine Überraschung für dich.«

Ich wollte ihr eigentlich sagen, dass sie mich falsch verstanden hatte, entschloss mich aber dazu, vorerst ihr kleines Spiel mitzuspielen. Was auch immer sie mir zeigen wollte, war ihr anscheinend wichtiger als ihr umständliches Geflirte mit mir. Mit meiner freien Hand zog ich mir vorsichtig die Augenbinde vom Gesicht. Trotz des gedimmten Lichts brauchte ich einen Moment, bevor ich wieder etwas von meiner Umgebung wahrnehmen konnte. Das Mädchen saß mir noch immer gegenüber, hielt meine Hand und grinste mich breit an. Allerdings war sie nicht mehr das Mädchen.

»Michelle?!«

»Ich hab' dir ja gesagt, dass du mir andernfalls nicht glauben würdest.«

Die Frau, die mir gegenübersaß, war ohne jeden Zweifel Michelle. Dunkelblonde Haare, haselnussbraune Augen, weiße Bluse, aufrechte Haltung. Sie war ein Mensch, so rein, wie man ihn gewiss nur in Eden finden konnte. Und dennoch saß bis gerade eben noch das Mädchen auf ihrem Platz, eine Schlange, wie sie deutlicher kaum hätte sein können.

»Was geht hier vor? Wo ist deine Schwester?«

»Ich habe keine Schwester. Sie existiert nicht, hat es niemals getan.« Michelle lachte. »Du hast nur das gesehen, was ich dich sehen lassen wollte. Eine Perücke, farbige Kontaktlinsen, eine Feuerleiter, die vor meinem Badezimmerfenster endet – mehr hat es schon nicht gebraucht, um dich mit einer Chimäre um den Finger zu wickeln. War ich überzeugend?«

»Du meinst… die Rosinen… der Apfel… die Bilder?«

»Ach, nun komm schon! Niemand ist *wirklich* so verrückt. Das ist alles nur Maskerade, um Menschen wie dich an der Nase herumzuführen. Es gibt keine Aspies, keine Aussies und schon gar keine Behinderungen, die man nicht mit einem kleinen Eingriff wieder geraderücken könnte. Glaubst du, wir könnten wirklich jemanden in der Öffentlichkeit tolerieren, der sich kopfüber an einen Apfelbaum hängen würde und dabei riskiert, sich das Genick zu brechen? Diese Leute sind eine Gefahr für sich selbst und müssen vor ihren bizarren Ideen beschützt werden, bis wir sie endlich heilen können.«

»Aber wozu das Ganze?«

»Nenn' es Hybris, wenn du willst.« Sie zuckte mit den Schultern. »Ich schätze, ich wollte einmal sehen, ob ich als Schlange durchgehen kann, wenn ich es wirklich darauf anlege, ob ich jemanden davon überzeugen könnte, etwas zu sein, was ich nicht bin. Irgendwann ist daraus so etwas wie ein Hobby geworden und inzwischen scheine ich sogar richtig gut darin geworden zu sein.«

Ich schüttelte meinen Kopf. Ich konnte immer noch nicht glauben, dass ich so naiv gewesen sein soll. »Ich weiß nicht, ob ich schockiert oder angewidert sein soll.«

»Wieso denn angewidert?«

»Du imitierst diese Leute als wäre ihr Leiden ein Kostüm, das du nach Belieben an- und wieder ausziehen kannst. Du verhöhnst sie und ihr Leiden. Wir sollten ihnen helfen und sie nicht auch noch beleidigen.«

»Du kannst einen Aspie nicht beleidigen. Sie sind keine Menschen. Sie sind Schlangen und haben keine Gefühle wie du und ich. Ich weiß noch nicht einmal, ob sie überhaupt so etwas wie Gefühle haben können. Ich weiß aber, dass sie nicht verstehen, was ich mache.«

»Das tut nichts zur Sache. Ich finde das ausgesprochen geschmacklos.«

Michelle bleckte ihre Zähne. Ich war mir nicht sicher, ob sie mich angrinsen oder zerfleischen wollte. »Und was ist mit dir? Glaubst du wirklich, dass es purer Altruismus war, der dich in meine Wohnung geführt hat?«

»Vielleicht nicht. Aber ich versuche wenigstens aufrichtig, deiner Schwester zu helfen.« Ich biss mir auf die Zunge. »Habe versucht«, sollte ich wohl sagen.«

»Ha! Das ich nicht lache.« Ein schelmisches Grinsen legte sich über ihre Züge. »Jetzt, da »meine Schwester« aus dem Weg geräumt ist, kannst du mir ruhig die Wahrheit verraten: Würdest du mit ihr schlafen wollen?«

Ich zögerte nur für eine Sekunde. Das Mädchen mochte fiktiv und eine Schlange gewesen sein, doch im direkten Kontrast zu Michelle war sie eindeutig der bessere Mensch gewesen.

»Ja, würde ich. Tatsächlich würde ich sie dir inzwischen sogar vorziehen.«

Michelles Gesicht verfärbte sich augenblicklich in ein so tiefes Rot, wie ich es bei einem Menschen nicht für möglich gehalten hätte. Sie presste ihre Lippen aufeinander und beugte sich zu mir über den Tisch, bis ihr Gesicht nur noch wenige Zentimeter von meinem entfernt war. Ihre Stimme zitterte und war kaum mehr als ein leises Flüstern.

»Ich will dir einmal etwas verraten, Mister. Nur drei kleine Worte.« Sie beugte sich noch weiter zu mir nach vorne, bis sich unsere Lippen beinahe berühren. »*Hook, line and sinker.*«

Ich starrte Michelle in die Augen. Ihr Gesicht schwebte wie ein verwaschenes Gemälde dicht vor meinen Augen, körperlos, konturlos, und doch brannte sich das Abbild ihrer Augen tiefer in mein Herz hinein, als es eine ganze Flasche Aceton vermocht hätte. Noch bevor ich ihre Worte völlig verarbeiten konnte, hob ich meinen Arm und strich mit meinen Fingern durch ihre Haare. Als ich meinen Arm wieder senkte, hielt ich ihre Perücke in der Hand.

Sie war blond.

»Ich habe nie behauptet, dass es sich um eine schwarze Perücke gehandelt hat.«

»Kleine Schlange.« Ich wollte es eigentlich wie einen Vorwurf klingen lassen, doch hörte es sich in meinen Ohren mehr nach einem erleichterten Seufzen an. Auch wenn es mir schwerfiel, es zuzugeben, war ich einfach nur froh, dass von den beiden Frauen das Mädchen das Original zu sein schien. Michelle war zwar ein Mensch und mit Sicherheit noch nicht einmal ein schlechter, sofern man sie erst einmal etwas besser kennengelernt hatte, doch war das Mädchen dennoch die liebenswürdigere von beiden. So viel war mir inzwischen klargeworden.

Ehe ich es mir anders überlegen konnte, beugte ich mich nach vorne und gab ihr einen flüchtigen Kuss auf die Lippen. Sie zuckte zusammen und sank steif wie ein Brett auf ihren Platz zurück. Auf einmal war sie sichtlich verlegen und grinste mich schief an.

»Ich hab' dir ja gesagt, dass deine Wirklichkeit nur das fassen kann, was du sehen möchtest. Michelle ist nicht realer als die Worte »Hund«, »Krüppel« oder »Schlange«, aber du hast dennoch an ihre Existenz geglaubt. Alles, was du dafür gebraucht hast, war eine einzige Erfahrung, von der jemand anderes behauptet hat, dass sie wahr ist.« Sie bleckte ihre Zähne, doch steckte dieses Mal keine Herausforderung in ihnen. »Du bist eine Pfeife.«

Mir selbst schwirrte der Kopf. Es war eine Sache, sich über einzelne Worte die Zunge fusselig zu reden, aber eine ganz andere, vollständige Persönlichkeiten aus dem Hut zu zaubern und sie im nächsten Augenblick als Truggebilde in sich zusammenstürzen zu lassen.

»Michelle ist also nicht echt?«

»Doch. Sie ist ein Teil von mir.«

»Aber sie ist kein Mensch.«

»Ich bin ein Mensch.«

»Du bist eine Schlange.« Ich schüttelte meinen Kopf. Mir wurde langsam etwas bewusst. »Michelle war definitiv ein Mensch. Sie war normal, keine Frage. So etwas kann man nicht vortäuschen. Wenn du und Michelle ein und dieselbe Person seid, dann bedeutet das, dass auch du ein normaler Mensch sein musst. Zumindest bis zu einem gewissen Grad. Du kannst also–«

»–kein Aspie sein. Ist es das, was du sagen willst?«

Ich nickte. »Wenn du Normalität so geschickt imitieren kannst, dass du einen echten Menschen damit täuschst, ist es nicht vorgetäuscht. Du bist nicht behindert.«

»Mhm.« Das Mädchen stützte ihre Ellenbogen auf die Tischplatte und ihr Kinn auf ihre Hände. »Claude?«

»Madame?«

»Deux verres »*Menthe de Lethe*«, s'il te plaît. Und bring' dein Schlangenrad mit.«

»Immédiatement.«

Sie beugte sich zu mir herüber. »Achte mal auf Claude, Mister, und sage mir, ob er behindert ist.«

»Du meinst den Barmann?«

»Ja, den »Barmann«.«

Ich neigte meinen Kopf auf die Seite und kratzte mich in meinem Nacken. Auch wenn es ein ausgesprochen durchsichtiges Manöver war, war es mir doch unangenehm, ohne Vorwand jemand fremden zu beobachten, und das galt ganz besonders für jemand leidenden. Auch wenn ich bis jetzt nicht sagen konnte, was dem Barmann fehlen sollte, war es doch offensichtlich, dass auch er eine Schlange sein musste. Immerhin arbeitete er in einer Schlangenkneipe und kein gesunder Mensch würde wissentliche eine betreten, geschweige denn in einer arbeiten, wenn er nicht selbst eine Schlange wäre.

Claude jedenfalls machte sich nicht die Mühe, die Bestellung des Mädchens -dass es sich um eine Bestellung handelte, konnte ich zumindest erahnen- zeitnah zu servieren. Stattdessen faltete er seine Zeitung wieder sorgsam zusammen und legte sie auf seinen Tresen. Er beugte sich umständlich auf die Seite und drückte einen kleinen Knopf an der Wand. Zu meiner Überraschung setzte sich das Flaschenregal leise klirrend in Bewegung und verschwand hinter dem Tresen im Boden. Claude griff sich zwei Glasflaschen heraus, füllte ihren Inhalt ein paar Gläser und verdünnte sie mit einer leuchtend grünen Flüssigkeit. Die

Flaschen stellte er wieder in das Regal zurück und ließ es mit einem weiteren Knopf wieder an seinen Platz zurückkehren. Er stellte die Gläser auf ein kleines Tablette und setzte sich wacklig in Bewegung. Als er um die Ecke des Tresens herumtrat, wurde mir plötzlich bewusst, warum er sich so umständlich verhielt. Der Barmann saß in einem Rollstuhl.

»Danke, Claude.« Das Mädchen nahm die beiden Gläser entgegen und reichte mir eines davon. Der würzige Geruch von getrockneter Minze wehte mir entgegen, noch bevor ich mir das Glas unter die Nase halten konnte. »Was macht die alte Tretmühle?«

»Sie ächzt und krächzt, wie jeden Tag, hat mich bis jetzt aber noch nicht im Stich gelassen. Ich denke, ich werde TikTok sie sich später aber dennoch einmal ansehen lassen.«

»Du willst also wirklich riskieren, dass er dir einen Raketenantrieb verpasst oder dich in eine wandelnde Kuckucksuhr verwandelt?«

»Eine gute Kuckucksuhr ist immer pünktlich, meine Liebe. Warum also nicht?«

Es fiel mir recht schwer, dem Gespräch der beiden zu folgen. Ich hatte erwartet, dass Claude ausschließlich Französisch sprach oder zumindest einen französischen Akzent besitzen würde, doch stattdessen klang er eher wie jemand, der aus dem Norden kam. Das Mädchen musste meine Verwirrung bemerkt haben, denn sie grinste mich plötzlich wieder an.

»Hey, Claude? Wenn du einen unlimitierten Wunsch frei hättest -irgendeinen-, was würdest du dir wünschen?«

Claude lachte. »Na, das ist einfach. Bessere Schmerzmittel für den Rücken, natürlich. Am besten mit dem Geschmack frisch gepflückter Himbeeren. Du hast nicht zufällig welche davon bei dir, oder?«

»Schmerzmittel für den Rücken?« Claude und das Mädchen starrten mich an und ich brauchte einen Moment, bevor ich bemerkte, dass ich meinen Gedanken tatsächlich ausgesprochen hatte. Ich straffte meine Haltung und bemühte mich, so gelassen wie möglich zu klingen. »Ich meine, warum sich mit einem Schmerzmittel begnügen, wenn du dir auch zwei neue Beine wünschen könntest?«

»Was will ich mit neuen Beinen? Ich habe bereits zwei davon und für vier habe ich keine Verwendung. Ich bin kein Elefant.«

»Du weißt, was ich meine, oder? Dass du dir auch stattdessen deine Behinderung wegwünschen könntest?« Ich nickte in Richtung seines Rollstuhls. »Mit neuen Beinen bräuchtest du ihn nicht mehr.«

»Meine Behinderung?« Claude lachte. Es war ein ehrliches Lachen, ohne eine Spur von Zynismus darin. »Mein Rollstuhl ist keine Behinderung. Treppen sind eine Behinderung. Schwere Türen sind eine Behinderung. Und nicht funktionierende Fahrstühle sind eine ganz besondere Behinderung. Mein Rollstuhl dagegen ist eine echte Hilfe. Warum sollte ich ihn also loswerden wollen?«

»Ohne einen Rollstuhl wären Treppen keine Behinderung mehr.«

»Mit einer Rampe wären sie das auch nicht.« Er schüttelte seinen Kopf. »Mal ganz abgesehen davon will ich meinen Rollstuhl auch gar nicht mehr loswerden. Er ist inzwischen ein Teil von mir. Ihn gegen ein paar fremder Beine auszutauschen, würde bedeuten, mich durch einen Fremden zu ersetzen. Ich wäre nicht mehr ich selbst, sondern jemand anderes.«

»Er ist nur ein Werkzeug.«

»Wirklich? Wenn du so lange mit einer Frau zusammenlebst, wie ich meinen Rollstuhl habe, wirst du sie auch nicht mehr ersetzen wollen. Oh sicher, vielleicht gefällt dir nach zwanzig Jahren Ehe ihre Farbe nicht mehr oder das Geräusch ihrer Stimme lässt dir die Haare zu Berge stehen, aber deswegen wirst du noch lange nicht gleich in den nächsten Laden rennen und sie gegen ein jüngeres Model umtauschen wollen. Außer natürlich, du bist ein selbstgefälliger Arsch.« Er kicherte. »Aber wenn ihr zwei so viel Zeit miteinander verbracht habt, dass ihr eine Einheit bildet, wollt ihr euch nicht mehr voneinander trennen, auch wenn es eine attraktivere Alternative zu geben scheint. Am Ende stellt sich ohnehin nur heraus, dass es sich um das gleiche verrostete Model handelt, bei dem die Löcher im Lack einfach noch nicht ersichtlich sind.«

»Eine Frau ist kein Rollstuhl.«

»Hm. Das vielleicht nicht, aber beide wollen gelegentlich etwas aufpoliert und gefahren werden. Das gilt für Menschen wie für Schlangen gleichermaßen.« Er zwinkerte dem Mädchen zu.

»Claude!«

»Hab' dich nicht so, du weißt genau, wovon ich rede. Il est lent d'esprit et a besoin d'un clin d'œil, ma petite jument." Claude wandte sich wieder mir zu. »Stimmst du mir zu, Sir?«

»Ich denke schon, ja.«

Um ehrlich zu sein, hatte ich keine Ahnung, wobei ich ihm eigentlich zugestimmt hatte, doch was auch immer er zu ihr gesagt haben mochte, das Mädchen wand sich vor Verlegenheit. Claude grinste sie an und rollte wieder zurück hinter seinen Tresen. Das Mädchen schwieg und für eine Weile nippten wir wortlos an unseren Getränken. Schließlich regte sie sich wieder.

»Nun? Ist Claude behindert?«

»Nun, er ist auf seinen Rollstuhl angewiesen und—«

»Ich habe nicht gefragt, ob er seinen Rollstuhl braucht, sondern ob er behindert ist.«

Ich zögerte. »Hier im Grenelle würde ich zugeben, dass er es nicht ist. Er scheint hier gut genug zurechtzukommen. Aber außerhalb wäre er wohl auf die Hilfe anderer angewiesen.«

Das Mädchen strahlte mich an. »Ich glaube, das war das klügste, was du bisher von dir gegeben hast.«

»Dann muss ich offensichtlich etwas falsch gemacht haben.«

Sie hob anerkennend ihr Glas. »Stimmt. Du hast dir damit selbst widersprochen. Beinahe schon wie eine echte Schlange. Du lernst dazu.«

»Was?«

Sie setzte ein ernstes Gesicht auf und zog demonstrativ eine Schnute. »*Wenn du und Michelle ein und dieselbe Person seid, dann bedeutet das, dass auch du ein normaler Mensch sein musst.*« Kommt dir das bekannt vor, Mister?«

»Natürlich.«

»Wenn du annimmst, dass Claude innerhalb des Grenelle nicht behindert ist, außerhalb aber schon, dann musst du auch annehmen, dass ich Mensch und Schlange zugleich sein kann, dass sich das nicht zwingend ausschließen muss.« Sie fuhr mit dem Finger am Rand ihres Glases herum und tunkte ihn schließlich bis zum zweiten Glied in die Flüssigkeit hinein. »Als Aspie bin ich beides. Ich verstehe eure Welt nicht, kann aber eure Regeln wie eine Fremdsprache lernen. Ich kann euch imitieren und mich für eine Weile lang unter euch mischen, ohne großartig aufzufallen, zumindest bis der Druck auf mich zu groß wird. Das allein macht mich aber noch lange nicht »normal«. Ich bin nicht wie ihr und möchte es auch gar nicht sein. Ich bin keine Pfeife.«

Sie steckte sich ihren Finger in den Mund und lutschte gedankenverloren an ihm herum. Bei jedem anderen mochte das lächerlich und kindisch wirken, doch sie schaffte es, dabei so ernsthaft dreinzublicken, dass es beinahe schon süß wirkte.

»Wie alt bist du eigentlich?«

»Ifch fwerthe dwaißig.«

»Ich verstehe kein Wort.«

Sie nahm ihren Finger aus dem Mund und wischte ihn dezent an ihrer Hose ab. »Ich habe gesagt, »ich werde dreißig«.«

»Nein, ernsthaft. Wie alt bist du?«

»Wie kommst du darauf, dass es nicht stimmt? Ich werde wirklich dreißig.« Sie grinste mich an. »In sieben Jahren zumindest.«

»Kleine Schlange.«

Donnerstag

Die Tür zur Wohnung des Mädchens stand leicht offen und wurde durch eine in den Türrahmen gestellte Farbflasche daran gehindert, versehentlich wieder zuzuschlagen. Wie in den letzten drei Tagen zuvor auch zögerte ich jedoch, bevor ich mich dazu entschließen konnte, bei ihr anzuklopfen. Ich zweifelte zwar nicht mehr an der Zurechnungsfähigkeit des Mädchens, dafür aber an meiner eigenen Überzeugung, ihr unbedingt helfen zu wollen. Mein *Panacea* könnte ihre Verrücktheiten garantiert ohne Schwierigkeiten über Nacht beseitigen – aber wollte ich das überhaupt noch?

Es gab mit Sicherheit viele leidende Schlangen dort draußen, denen das *Panacea* helfen konnte, doch das Mädchen gehörte nicht zu ihnen. Vielleicht war sie unter ihrer Haut immer noch etwas normaler als die anderen oder vielleicht war sie auch einfach nur bereits zu tief in ihrem Wahnsinn versunken, um noch großartig unter ihm leiden zu können. In ihren Augen jedenfalls war ihr Verhalten so »normal«, wie es nur sein konnte. Was auch immer der Grund dafür sein mochte, sie litt nicht mehr unter ihrem Wesen als Schlange und war es nicht das, worauf es am Ende ankam?

Vorsichtig steckte ich meinen Kopf durch den Türschlitz.

»Kleine Schlange? Bist du da?«

»Nein.«

»Du hast also Besuch?«

Ich schob die Farbflasche auf die Seite und schlüpfte in die Wohnung. Der terpentinartige Geruch frischer Farben schlug mir wie eine saure Welle entgegen. So langsam fand ich sogar einen selbstquälerischen Gefallen an ihm. Zumindest innerhalb dieser Wohnung fand ich ihn recht angenehm.

»Jetzt schon.« Das Mädchen kniete vor ihrer bespannten Staffelei und pinselte mit einer Juwelierlupe vor ihrem moosigen Auge hochkonzentriert an deren unterem Ende herum. »Tut mir leid, dass ich nicht auf dich gewartet habe, aber ich hatte eine Idee für unser Bild und konnte mich nicht zurückhalten.«

»Schon in Ordnung.« Ich schloss die Türe und trat neben sie. »Unser Bild?«

»*Wenn Äpfel träumen.* Du bist inzwischen ebenso ein Teil davon wie ich.«

»Ich habe keine Äpfel.«

»Das macht nichts.« Sie hielt für einen Moment in ihrer Bewegung inne und grinste mich an. »War das etwa anzüglich gemeint?«

Ich grinste zurück. »Vielleicht?«

»Hm. Vielleicht kann ich dir nachher noch welche geben, wenn du willst.« Sie verzog keine Miene und wandte sich wieder der Leinwand zu. »Was hältst du bisher davon?«

Ich musterte sie kurz und wandte meine Aufmerksamkeit dem Gemälde zu. Im Vergleich zu vorgestern hatte es sich nicht nennenswert verändert. Das Einzige, was inzwischen dazugekommen war, war das Abbild einer grausigen Schlange, die sich um den Ast herumwand und ihre Fangzähne in einem der beiden Äpfel versenkte. Ihr Körper war genauso wie der Rest des Bildes noch immer ausgesprochen matt, von ihrem Kopf ausgehend zierten jedoch bereits unzählige feine Schuppen ihren Hals und vorderen Torso. Ich wusste zwar nicht, wie das Mädchen das geschafft hatte, aber in ihren Augen spiegelte sich eine perverse Lust, die mir einen Stich ins Herz versetzte.

»Die Schlange ist mir unheimlich.«

»Gut, das sollte sie auch sein. Sie ist das falsche Versprechen, der vergiftete Wunsch, die kalte Lust.«

»Zumindest das letzte hört sich doch vielversprechend an.«

»Tut es das?« Sie zeichnete ungerührt mit der Pinselspitze eine weitere Schuppe an den Körper des Reptils. »Würdest du mir meine Hose herunterziehen, mir die Klamotten vom Leib reißen und mich hier und jetzt kräftig durchficken?«

Ich zuckte zusammen. Das Mädchen war die letzte Person, von der ich erwartete, dass sie sich dermaßen vulgär und obszön ausdrücken würde. Überhaupt jagte mir schon allein der Gedanke daran, einen Schauer durch meinen Körper. Er war widerlich – und erschreckend erregend zugleich. Ich hatte es bisher bestmöglich vermieden, das Mädchen in einem allzu sexuellen Kontext zu betrachten. Sie hatte Besseres verdient als das. Sich nun aber vorzustellen, wie sie sich nackt vornüberbeugte, war unheimlich berauschend. Ich atmete tief durch und stieß ein nervöses Lachen aus.

»Ist das ein Angebot?«

»Vielleicht später. Du würdest vermutlich nur unser Bild ruinieren.«

»Vermutlich.«

»Mhm. Was ich sagen wollte, ist, dass kalte Lust respektlos ist. Sie ist selbstsüchtig, giftig und destruktiv und hinterlässt nichts anderes als zerbrochene Träume.« Sie vollendete eine weitere Schuppe, bevor sie weitersprach. »Versteh mich nicht falsch. Ich habe nichts gegen Lust, noch nicht einmal um ihrer selbst willen. Von mir aus kannst du ein anonymes Techtelmechtel nach dem anderen aneinanderreihen, bis du nicht mehr aufrecht laufen kannst. Aber wenn du nur auf dein eigenes Vergnügen achtest und nicht auf das deiner Partnerin, wirst du sie früher oder später verletzen.«

»Das ist doch selbstverständlich, oder?«

»*Du bist eine durchgeknallte Schlange und kein Mensch*.« Du erinnerst dich?«

»Das habe ich gesagt, nicht wahr?«

»Ja.«

»Ich habe nur wiederholt, was wir über euch Schlangen gedacht haben. Das war, bevor ich dich besser kennengelernt habe. Es war nicht böse gemeint.«

»Es war selbstverständlich für dich.«

»Genau.« Ich brauchte einen Moment, bevor mir bewusstwurde, dass sie mich gerade vorgeführt hatte. »Oh!«

Ein schwaches Lächeln tanzte plötzlich um ihre Mundwinkel herum. »Kannst du dir vorstellen, wie leicht du eine Schlange verletzen kannst, wenn du das, was du für selbstverständlich hältst, eins zu eins auf sie überträgst? Wir brauchen Zuneigung und Anerkennung mindestens ebenso sehr wie schiere Lust. Nur ist das eine bei uns untrennbar mit dem anderen verbunden.«

»Lust?«

Ihr Grinsen zog sich in die Breite und verlieh ihrem Profil einen schelmischen Ausdruck. »Auch wir werden geil, Mister.«

»Wie eine Bergziege?«

»Ha! Eher wie zwei.« Sie lachte und hatte sichtlich Mühe, ihre Juwelierlupe nicht zu verlieren. »Vergiss nicht, dass wir nicht allzu oft Kontakt zu anderen haben. Ihr Menschen meidet uns wie die Pest und vor anderen Schlangen haben wir einfach zu viel Respekt, um mit ihnen blindlings ins Bett zu steigen. Von außen betrachtet ist Sex etwas wirklich Lächerliches.«

»…und folgt dabei dennoch einem »*tragischen und seltsam schönen Muster*«.«

Das Mädchen sah mich überrascht an und ließ ihre Lupe aus dem Auge gleiten. »Das ist tiefsinnig.«

Ich zuckte mit den Schultern. »Ich habe nur jemand anderen zitiert.«

»Das macht keinen Unterschied. Tiefsinnig zu sein bedeutet nicht, Weisheiten am fließenden Band zu produzieren, sondern zu erkennen, wenn jemand anderes weiser ist als man selbst.«

»Bist du tiefsinnig?«

Sie streckte mir unvermittelt ihre Zunge heraus. »Nur wenn ich geil bin, Mister.« Sie wandte sich wieder der Leinwand zu. »*Where the rock's nakedness repels the shy foot, there I have found my pasture, above the blue kingdom of the flies. I am an animal of the heights.*«

»Für mich klingt das tiefsinnig.«

»Mach dir keine falschen Hoffnungen, Mister. Heute klinge ich nur so, bin es aber nicht.«

»Bist du dir sicher?«

»Nein.« Sie zögerte. »Glaubst du, auch andere werden erkennen können, was unser Bild ihnen sagen kann?«

Ich schwieg. Die Frage war durchaus berechtigt, war ich mir doch selbst nicht sicher, was sie eigentlich vorhatte. Das Bild strahlte ohne Zweifel eine sexuelle Spannung aus, die beinahe schon mit den Händen zu greifen war. Allein schon das apfelgleiche Abbild ihrer Brüste war eine unverhohlene Aufforderung, sich die Künstlerin einmal etwas genauer anzusehen. Die Schlange jedoch war noch deutlich schlimmer. Der Ausdruck in ihren Augen ließ keinen Raum für Interpretationen. Die Äpfel, und mit ihnen das Herz hinter ihrer anregenden Schale, gehörten ihr und ihr allein. Das Mädchen hatte jedes Anrecht auf sie verloren.

Und dennoch fühlte sich das Bild unvollständig an. Die Schlange besaß ein weiteres Geheimnis, das sie auf keinen Fall preisgeben wollte. Sie war die heimliche Herrin und der dominierende Herr über das Gemälde und damit eine doppelte Gebieterin über seine Interpretation. Sie war ein intriganter Hermaphrodit, eine geschuppte Michelle.

»Eine andere Schlange wird es verstehen.«

»Und? Verstehst du es?«

»Ähm…« Ich kratzte mich verlegen am Kopf. »Es ist eine kritische Analogie auf die Stellung des Menschen in unserer eigenen Gesellschaft?«

»Was?«

»Äh, eine Schlange, die einen Apfel frisst?«

»Ach, komm schon, Mister.« Das Mädchen lachte, stand auf und schlang ihre Arme um mich. »Das kannst du besser.«

»Äh, vielleicht… ist es ein in Farbe getauchter Spiegel, der uns darauf aufmerksam machen soll, wie zerbrechlich unsere Illusion ist, die wir unreflektiert auf euch Schlangen übertragen?«

»Huh? Kannst du das auch erklären?«

»Uh… du hast die Geschichte der Verführung aus dem Buch übernommen und dein eigenes Herz in sie eingeflochten. Dadurch vertauschst du die vorgegebenen Rollen von Schlange und Verführung miteinander. Wir Menschen werden dadurch also unweigerlich in die Rolle eines getäuschten Gottes gedrängt. Wir beobachten die Szene losgelöst von ihrem vorangestellten Rahmen und verurteilen gewohnheitsmäßig die Schlange, ohne dabei zu ahnen, dass die Schlange in dem Bild eigentlich uns selbst darstellt. Wir kritisieren unwissentlich unser eigenes Verhalten.«

»Jetzt machst du dich lustig über mich.«

»Dein Bild ist eine Pfeife, kleine Schlange.« Ich grinste das Mädchen an. »Genauso wie du.«

Das Mädchen starrte mich mit großen Augen an. Es war kaum verwunderlich, warum »Michelle« dachte, Aspies besäßen keine Gefühle. Ihr Gesicht war eine steife Maske und spiegelte noch weniger Gefühle als das facettengegliederte Antlitz eines Reptils oder die Augen eines Insekts. Das Mädchen konnte beizeiten zwar erschreckend ausdrucksstark werden, doch wenn man sie aus der Fassung brachte oder einfach überraschte, verschwanden ihre Gefühle mindestens ebenso rasch wieder, wie eine flüchtende Maus.

»Meinst du das ernst?«

»Vor ein paar Tagen hätte ich definitiv mit einem klaren Nein geantwortet, aber jetzt…« Ich ließ meine Finger durch ihre Haare gleiten. »Wenn ich mich irre und du recht hast, sind wir am Ende alle Pfeifen. Dann spielt es auch keine Rolle mehr, ob ich es ernst meine oder nicht. Dein Bild spricht dann seine eigene Sprache.«

Sie biss sich auf ihre Lippe.

»Ist etwas nicht in Ordnung?«

»Nein, ich dachte nur gerade…«

»Ja?«

»Möchtest du vielleicht selbst einmal ein Bild malen?«

»Ich glaube nicht, dass ich das kann.«

»Du könntest mich malen, wenn du willst.«

»Ich glaube wirklich nicht, dass ich das kann.«

»Es könnte ein Akt-Portrait werden.«

Ich schaute dem Mädchen in die Augen. Ihr Gesicht war immer noch starr, doch hatte sich ein feiner Hauch über ihre

Wangen gelegt. Sie war beinahe so süß wie eine geschuppte Lerche.

»Das ist ein Scherz.«

»Das ist kein Scherz. Wenn du willst, kannst du einen Akt von mir malen.«

»Warum?«

Sie bleckte ihre Zähne und grinste mich an. Ihre Maske löste sich augenblicklich in Luft auf. »Weil ich es will? Weil du es willst? Braucht es einen anderen Grund?«

Ich nickte. Meine Kehle war auf einmal staubtrocken. »Ich glaube trotzdem, dass ich es nicht kann.«

»Das musst du auch nicht. Wichtiger als das Ergebnis ist der Versuch. Du erinnerst dich?«

Sie löste sich von mir, steckte sich ihre Juwelierlupe in die Hosentasche und hob vorsichtig das Bild von der Staffelei. Ich folgte ihren Bewegungen mit meinem Blick, als sie sich über das Gestell beugte. Mir war bisher noch gar nicht aufgefallen, wie schlank ihre Finger waren.

»Du kannst dich auf den Ledersessel setzen, Mister. Ich brauche noch einen Moment.«

»Du meinst den Diwan?«

»Ja, den Sessel.«

Ich schüttelte grinsend den Kopf und ließ mich auf dem Diwan nieder. Das Mädchen war wirklich ein Unikat.

»Bist du dir sicher, dass du keine Hilfe brauchst?«

»Ich habe alles unter Kontrolle, Mister. Das Bild ist einfacher zu handhaben als du.«

»Findest du?«

»Vielleicht.« Sie lächelte mich an und lehnte das Bild ehrfurchtsvoll gegen die Wand. »Das sehen wir später.«

Sie zog eine frische Leinwand aus dem Schrank und klemmte sie sich unter den Arm. Mit dem weißen Quader hinter ihrem Rücken wirkte sie mehr denn je wie ein wandelndes Kunstwerk, eine Mischung aus Michelangelos *David* und Quentin Massys *Herzogin*. Vielleicht war es noch nicht einmal die schlechteste Idee, dem Mädchen ein eigenes Kunstwerk zu widmen.

»Du hast schon wieder dieses Lächeln aufgesetzt, Mister.«

»Welches Lächeln?«

»Das der Totengräber.«

»Ich habe nicht vor, dich in nächster Zeit zu beerdigen, kleine Schlange.«

»Dann solltest du etwas mehr auf deine Augen achten. Sie halten die Schaufel schon griffbereit.«

»Vielleicht wollen sie dir lediglich ein Denkmal erschaffen.«

»Posthum?« Sie fixierte die Leinwand an der Staffelei und drehte sie einmal um die eigene Achse, bis sie mit dem Rücken zum Diwan stand. »Vielleicht sollte ich ja als Kleopatra posieren. Sie kannte sich zumindest gut mit Schlangen aus.«

»Das tat Eva auch, war aber nicht ganz so makaber.«

»Stimmt. Und sie hatte wie ich einen Apfel. Vielleicht sollten wir es wirklich zuerst einmal mit ihr versuchen.« Das Mädchen stellte eine Reihe von Farbflaschen neben die Leinwand und legte ihren Apfel neben mich auf den Diwan. Die Blume in ihm schwankte leicht, hielt aber ihren Stand. Das Mädchen drückte mir im Vorbeigehen einen Kuss auf die Stirn und verschwand in ihrem Schlafzimmer. »Du kannst dir schon mal die Farben zusammenmischen. Ich bin gleich zurück.«

Ich schaute ihr hinterher und ließ für einen Moment meine Gedanken schweifen. Schließlich erhob ich mich und trat vor die Staffelei. Es war mir immer noch schleierhaft, wie sie sich das vorstellte. Ich konnte mich nicht daran erinnern, wann ich das letzte Mal einen Pinsel in der Hand gehalten hatte, aber ich war mit Sicherheit noch ein Kleinkind gewesen und habe mit Wasserfarben gespielt. Ernsthaft etwas gemalt hatte ich noch nie und vor einer echten Leinwand bin ich ohnehin noch nicht gestanden.

Ich streckte meine Hand aus und strich vorsichtig über den gespannten Stoff. Er war widerstandsfähiger als ich erwartet hatte und fühlte sich an, wie eine starr gewobene Schicht Baumwolle. Um was für ein Material es sich aber tatsächlich handelte, konnte ich nicht sagen. Die Farben dagegen waren definitiv keine Wasserfarben mehr. Ihrem Namen nach zu urteilen, musste es sich um Ölfarben handeln. Billig konnten sie nicht gewesen sein.

»Bist du dir wirklich sicher, dass du deine Vorräte an mich verschwenden möchtest?«

»Es ist keine Verschwendung, wenn es um Kunst geht.«

»Das ist es ja gerade. Ich bin kein Künstler und ich glaube auch nicht, dass du mein Gekleckse als Kunst bezeichnen kannst.«

»Keiner erwartet von dir eine neue Gioconda, Mister.« Sie kicherte. »Hey, das ist eigentlich gar keine schlechte Idee für einen Titel – *Gioconda mit den Schlangenaugen*. Merk dir das für später.«

Ich kniete mich neben die Farben auf den Boden und füllte die Palette auf. Da ich keine Ahnung hatte, worauf ich mich eigentlich einließ, beschränkte ich mich auf möglichst pointierte Farben: ein tiefes Rot, ein leuchtendes Gelb, ein dunkles Grün, ein grelles Blau, etwas Weiß zum Aufhellen und Schwarz zum Decken. Alles andere dürfte ich mir spontan zusammenmischen oder den restlichen Farbflaschen entnehmen können.

»Hast du ein paar Tipps für mich?«

»Nur zwei. *Fang immer mit dem Hintergrund an*« und »*Hör auf, so viel zu denken*«.«

»Sehr witzig.«

Sie lachte. »Ich meine es ernst, Mister. Wenn du immer alles durchdenkst, was du machst, wirst du niemals über die weiße Leinwand hinauskommen. Beim Malen geht es um die Fantasie, nicht um die Anwendung bestimmter Regeln. Andernfalls sähen alle Bilder gleich aus.«

Ich tunkte den Pinsel in die schwarze Farbe und strich erst zögerlich, dann zunehmend kräftiger über die Leinwand. Auch wenn ich nicht genau sagen konnte, was das Mädchen im Einzelnen vorhatte, war eines doch sicher. Sie wollte sich in ihrer eigenen Wohnung darstellen lassen und die war nun einmal vergleichsweise dunkel. Da ein Portrait jedoch stets auf den Menschen -oder wie in diesem Fall die Schlange- im Zentrum ausgerichtet war, spielte das eigentlich keine große Rolle. Ganz im Gegenteil, es machte mir die Arbeit um einiges leichter.

»Und was hat es mit dem Hintergrund auf sich?«

»Es ist leichter.«

»Das ist alles?«

»Das ist alles. Wenn du mit dem Hintergrund beginnst, brauchst du dir nicht allzu viele Sorgen um das eigentliche Motiv zu machen. Du kannst so lange wild herumpinseln, bis du endlich einen passenden Hintergrund erschaffen hast, ohne dabei zu riskieren, deine vorherige Arbeit wieder zunichte zu machen.«

»Klingt sinnvoll.«

Ich hatte bereits die halbe Leinwand in eine schwärzliche Fläche getaucht, als es plötzlich stockdunkel um mich herum wurde.

Ein paar Sekunden später schlang das Mädchen ohne Vorwarnung ihre Arme um meinen Körper und schmiegte sich so stark an mich heran, dass ich beinahe das Gleichgewicht verloren hätte. Ich verharrte stocksteif in meiner Position und bemühte mich, die Sterne vor meinen Augen zu vertreiben und dabei gleichzeitig weder die Leinwand vor mir zu beschädigen noch das Mädchen hinter mir mit einer unbedachten Bewegung zu verletzen.

»Hey, was soll das?«

»Das hier ist ebenfalls ein Teil des Kunstwerks, Mister.«

»Und wie soll ich dich malen, wenn ich noch nicht einmal meinen Pinsel sehen kann, geschweige denn, welche Farbe ich mit ihm auftrage? Es ist viel zu dunkel hier drin.«

»Ich habe dir angeboten, einen Akt von mir zu malen. Ich habe nie behauptet, dass es sich um einen realistischen Akt handeln muss.« Sie kicherte. »Du sollst mich mit deinem Herzen malen, nicht mit den Augen. Ich möchte sehen, wie du mich wirklich wahrnimmst.«

»Aha.«

Für einen kurzen Moment schien der Zyniker in mir wieder die Oberhand gewonnen zu haben. Dem Mädchen schien das jedoch nichts auszumachen.

»Du brauchst nicht zu schmollen, Mister. Wenn du deine Sache gut machst, darfst du mir nachher auch helfen, mich wieder anzuziehen.«

104

»Lass mich raten: Im Dunkeln?«

Sie lachte. »Na klar. Anders macht es doch keinen Spaß.«

»Und wie soll das funktionieren, wenn wir beide nicht sehen können, was wir machen?«

»Du hast zwei gesunde Hände, oder?« Sie löste sich von mir und lief zum Diwan hinüber. »In was für einer Pose willst du mich eigentlich malen?«

Ich streckte vorsichtig den Pinsel aus, bis er wieder auf die Leinwand traf, und versuchte bestmöglich, den Hintergrund fertigzustellen. »Spielt das eine Rolle? Ich kann ohnehin nicht sehen, was du machst.«

»Natürlich spielt es eine Rolle. Wie ich mich dir zeige, bestimmt, wie du mich dir vorstellst und mich wahrnimmst. Ich könnte mich zum Beispiel auf dem Ledersessel ausstrecken und den Apfel wie einen kostbaren Schatz in meinen Armen halten.«

Der Diwan knarzte leise, als sie sich auf ihm niederließ.

»Mhm, du könntest dich auch auf die Kante setzen, deine Beine spreizen und den Apfel zwischen sie legen. Wäre das nicht etwas symbolischer?«

Ich tunkte den Pinsel wieder in die Farbe und hoffte, dass es die richtige war. Das Bild würde selbst mit einem gelungenen Hintergrund bestenfalls bizarr werden. Trotzdem wollte ich meine Sache so gut wie möglich machen.

»Es wäre symbolischer und deutlich obszöner. Ich bin kein Stück Fleisch, das man einfach so auf eine Leinwand spannt. Aber ich könnte meine Beine überkreuzen, mich auf die Seite drehen und den Apfel vor meine Brust heben.«

Das Mädchen verlagerte sein Gewicht und der Diwan knarzte erneut, dieses Mal jedoch etwas leiser.

»Und wie wäre es, wenn du dich auf den Rücken legst, den Apfel vor dich hinstellst und jeweils eine Hand auf ihn und eine in deinen Schoß legst?«

»Das wäre zu vulgär und alles andere als originell, würde ich sagen. Ich bin kein Tizian. Aber ich könnte mich auf den Bauch legen, die Beine anwinkeln und den Apfel direkt vor mein Gesicht stellen. Auf die Weise könntest du meinen Körper und den Apfel als gleichwertig darstellen.«

Ich wartete auf das Knarzen des Diwans, doch dieses Mal blieb er ruhig. Entweder hatte sie sich vorsichtiger bewegt oder sich noch nicht hingelegt.

»Schämst du dich eigentlich für deinen Körper, kleine Schlange?«

»Wie kommst du denn darauf?«

»Die Dunkelheit. Du versteckst dich vor mir, obwohl du mich dazu eingeladen hast, einen Akt von dir zu malen. Schämst du dich dafür, vor mir nackt zu sein?«

»Warum sollte ich mich dafür schämen, wie ich selbst auszusehen? Wenn ich nackt bin, bin ich mein eigenes Selbst und keine hübsche Verpackung. Noch persönlicher kann ich nicht werden.«

Ich tunkte den Pinsel noch ein weiteres Mal in die Farbe. »Warum versteckst du dich dann vor mir?«

»Ich verstecke mich nicht vor dir, sondern vor deinen Augen, Mister. Sie haben dich schon öfters getäuscht und mich zu etwas gemacht, was ich nicht bin. Sobald du mich mit deinem Herzen betrachten kannst, darfst du mich so nackt sehen, wie ich es nur sein kann, ohne mich dafür verkleiden zu müssen.«

»Mhm, sprichst du von Michelle?«

106

»Auch.« Das Mädchen zögerte. »Michelle ist… sie ist ein Kunstwerk. Künstlich. Sie bemüht sich, das zu sein, was andere von ihr erwarten, oder vielmehr, was sie denkt, was andere von ihr erwarten. Sie möchte dazugehören, Freunde finden, einen… Liebhaber. Sie ist so sehr damit beschäftigt, sich anzupassen, dass sie kaum noch einen eigenen Gedanken besitzt.«

»*Du* bist Michelle, kleine Schlange. Vergiss das nicht.«

»Nein. Nein, bin ich nicht.« Ein ungewöhnlich scharfer Unterton hatte sich auf einmal in die Stimme des Mädchens geschlichen. »Michelle ist das, was andere aus mir machen möchten. Ein Kunstwerk. Etwas, was man bewundern kann, bestaunen. Sie ist eine willenlose Kreatur, die man nach Belieben vorführen kann. Ich finde das bemitleidenswert.«

»Ich dachte, du willst kein Mitleid?«

»Will ich auch nicht. Aber das ist es nun mal, was Leute wie Michelle bekommen. Mitleid.«

Die Art, wie sie das Wort »Mitleid« ausspuckte, ließ mich zusammenzucken. Ich musste unwissentlich einen wunden Punkt bei ihr erwischt haben. Für einen Moment wollte ich etwas sagen, um sie zu beschwichtigen, entschied mich aber schließlich dagegen. Vielleicht war es besser, wenn sie es sich einmal von der Seele reden konnte, was sie bedrückte.

»Ich bekomme kein Mitleid, kleine Schlange. Ich glaube, du bildest dir das nur ein.«

»Ha.« Ich war mir nicht sicher, ob es ein Lachen oder ein zynisches Schnauben werden sollte. »Ich habe auch nicht von Leuten wie dir gesprochen, sondern von Leuten wie Michelle. Geheilten Leuten. Wenn man sich erst einmal an dich gewöhnt hat, bist du ganz in Ordnung, Mister.«

»Danke, nehme ich mal an?« Ein fahler Geschmack breitete sich in meiner Kehle aus und kroch langsam über meine Zunge hinweg immer weiter nach vorne. Ich musste plötzlich wieder an Carina denken, wie sie stolz *Karellens* Erfolge von ihrem Klemmbrett ablas. »Was meinst du mit »*geheilt*«?«

»Michelle ist das, was aus Leuten wie mir wird, wenn sie geheilt werden. Sie spielen fortan eine niedere Rolle in einem Theaterstück, die sie sich nicht ausgesucht haben, anstatt wie früher im Dunkeln hinter der Bühne zu stehen und dabei zuzusehen, wie normale Schauspieler den Applaus erhalten. Sie spielen das neue Bauernopfer, den Dorftrottel, den »*pity character*« über den die Zuschauer lachen und weinen können. Sie bekommen einen Klaps auf die Schulter, weil sie es geschafft haben, einen Schritt zu gehen, zu stolpern und sich aus eigener Kraft wieder aufzurichten. Dass viele von uns aber weder geheilt noch diese lächerlichen Lobhudeleien wollen, scheint kaum jemanden zu interessieren.« Das Mädchen schwieg für eine Weile und nur ihr schwerer Atem durchbrach die Stille. »Kannst du dir vorstellen, was mit Claude geschehen würde, wenn man ihm tatsächlich ein neues paar Beine geben würde?«

»Der Barmann? Ich nehme an, er würde sich eine Weile lang darüber beklagen, sich aber schließlich an sie gewöhnen und sich nur noch spaßeshalber über sie beschweren, genauso wie er über seinen Rollstuhl Witze erzählt.«

Das Mädchen kicherte. »Stimmt. Aber wäre er dann noch eine Schlange?«

»Eine Schlange? Nein, ich denke nicht.«

»Wie soll er dann das Grenelle betreiben, eine reine Schlangenkneipe, wenn er selbst keine mehr ist?«

»Ich nehme an, die anderen würden ihn dennoch unterstützen und das Grenelle auch weiterhin besuchen. Sie haben schließlich nicht sonderlich viele Alternativen.«

»Das würden wir. Und wir würden Claude genauso dafür bemitleiden, dass er sich weiterhin an uns festklammert, wie ihr Menschen uns Schlangen bemitleidet. Er könnte das nicht ertragen und müsste das Grenelle dennoch schließen. Unter seiner mürrischen Schale ist er viel zu sensibel dafür. Ihn zu heilen, würde ihn im wahrsten Sinn des Wortes zerstören.«

Ich schwieg und pinselte lustlos auf der Leinwand herum. So ungern ich es zugeben wollte, das Mädchen hatte durchaus einen Punkt. Letzten Endes spielte es keine Rolle, ob eine Schlange geheilt werden konnte oder nicht. Wenn ihre Heilung sie nicht auch gleichzeitig in die Gesellschaft hineinführte, konnte es leicht passieren, dass ihr der Boden unter den Füßen weggezogen wurde, ohne dass sie gleichzeitig von jemandem aufgefangen werden konnte. Jemand wie Claude, der sich unter den Schlangen bereits eine Art von Existenz aufgebaut hatte, konnte leicht seinen Stand bei ihnen verlieren, ohne einen Zugang zu uns anderen zu besitzen.

»Ähm… Ich glaube, der Hintergrund wäre soweit fertig. Zumindest hoffe ich das.«

Das Mädchen kicherte. »Ich habe dir doch gesagt, dass es auf diese Weise spannender ist.«

»Ja, in etwa so spannend, wie ein Regenschirm auf einem Seziertisch. Können wir das Licht wieder einschalten?«

Das Mädchen lachte plötzlich laut auf. »Sechster Gesang, dritte Strophe.«

»Was?«

»Ach, nichts.«

Ich seufzte ergeben. »Wie du meinst, kleine Schlange. Ich habe jedenfalls Angst, dass ich dein Portrait ruinieren könnte, wenn ich nicht sehen kann, was ich eigentlich mache.«

»Du kannst einen Traum nicht ruinieren, Mister. Außer wenn du anfängst, ernsthaft über ihn nachzudenken.«

Freitag

UND DIE FRAU SAH, DASS VON DEM BAUM GUT ZU ESSEN WAERE
UND DASS ER EINE LUST FUER DIE AUGEN WAERE
UND VERLOCKEND, WEIL ER KLUG MACHTE.

Es fiel mir heute erstaunlich leicht, die Treppenstufen hochzusteigen. Das Mädchen hatte sich im Verlauf der letzten Woche stark verändert, sodass ich mich nicht mehr dazu überwinden musste, sie zu besuchen, sondern mich sogar auf sie freute. Zumindest wollte ich mir das einreden. Wahrscheinlicher war jedoch, dass sie nach wie vor die gleiche Schlange war, die ich letzten Sonntag kennengelernt hatte, und ich sie inzwischen lediglich mit anderen Augen sah, sie vielleicht sogar bis zu einem gewissen Grad verstehen konnte. Sie war nicht das durchgeknallte Reptil, für das ich sie gehalten hatte, sondern eine liebenswürdige Frau, die lediglich etwas zu schüchtern und zu kreativ war, um nicht aufzufallen. Meine Hilfe war wirklich das letzte, was sie brauchte. Was sie brauchte, war ein Freund, der sie verstehen konnte. Nicht mehr und nicht weniger.

»Kleine Schlange?«

Ihre Haustüre stand offen und ich trat in ihre Wohnung. Das Mädchen hatte die Staffelei so gedreht, dass die Rückseite der Leinwand in Richtung der Türe zeigte, und lediglich ihre Beine schauten unter dem gerahmten Stoff hervor. Sie beugte sich auf die Seite und lächelte mich an.

»Hi, Mister. Lange nicht gesehen.«

»Michelle?« Das Mädchen trug wieder Michelles blonde Perücke und ihre weiße Bluse. Etwas störte mich jedoch an ihr, doch brauchte ich einen Moment, um zu erkennen, was es war. Anstelle ihrer braunen Kontaktlinsen strahlten mich die zweifarbigen Augen der Schlange an.

»Nope.« Sie strich sich eine Strähne aus dem Gesicht und malte sich dabei versehentlich mit dem Pinsel in ihrer Hand eine feine Linie über ihre Wange. »Ich wollte einfach mal ausprobieren, ob Michelle auch kreativ ist.«

»Und? Ist sie es?« Ich schloss die Türe und trat neben sie. Den Kommentar, dass Michelle und das Mädchen trotz aller charakterlichen Unterschiede immer noch die gleiche Person waren, verkniff ich mir.

»Erstaunlicherweise nein. Sie kann die Schuppen einer Schlange malen und ist dabei noch nicht einmal ungeschickt, ansonsten aber überraschend einfallslos. Mir ist es vorher noch nicht aufgefallen, aber sie kann noch nicht einmal einen brennenden Ozelot von einem Wandervogel unterscheiden. Für sie ist das alles der gleiche Unsinn.«

»Ich schätze, ihr ergeht es genauso, wie es mir ergangen ist, als du mir deine Bilder zum ersten Mal gezeigt hast.«

Ich kniete mich neben sie auf den Boden und strich ihr mit einer Hand zärtlich über den Rücken. Das Mädchen zuckte zusammen und versteifte sich augenblicklich, grinste mich jedoch schief an.

»Könnte sein.«

»Wie ist das überhaupt möglich?«

Sie zuckte mit den Schultern und wandte sich wieder dem Bild zu. »Kein Ahnung. Michelle ist heute Morgen gut drei Stunden lang vor der Leinwand gestanden, hatte aber nicht einen konstruktiven Gedanken. Ihr hat noch nicht einmal der Titel gefallen.«

»*Wenn Äpfel träumen*? Wie wollte sie es denn stattdessen nennen?«

Das Mädchen bleckte ihre Zähne. »*Feuerholz.*«

»Das ist grausam.«

»Hm. Es ist immer noch das netteste, was sie bisher über meine Bilder gesagt hat. Ich glaube, du übst einen guten Einfluss auf sie aus.«

»Ich? Wie denn das? Wir haben uns bisher nur zwei Mal getroffen und das letzte Mal war nicht gerade harmonisch verlaufen.«

Das Mädchen malte eine weitere Schuppe an den Körper der Schlange und deutete schließlich mit dem Kinn grob in ihre Richtung. »Was hältst du von dem Gemälde, Mister? Sei ehrlich.«

Ich ließ meinen Blick über die Leinwand schweifen, vermied es dabei aber, noch einmal in die Augen der Schlange zu sehen. »Ich würde sagen, es ist ziemlich gut geworden. Ich war am Anfang etwas skeptisch, aber der Kontrast zwischen dem verwaschenen Hintergrund, dem Detailgrad des Baums und insbesondere der Schlange auf dem Ast macht sich wirklich gut. Aber…«, ich zögerte für einen Moment, »aber der rechte obere Bildrand scheint noch etwas leer zu sein. Wenn du jedoch noch einen weiteren Ast schräg von oben in ihn hineinwachsen lässt und ihn mit etwa einem bis zwei Dutzend Blättern ausstattest, solltest du einen guten Rahmen für die Szene mit der Schlange und den Äpfeln erzeugen können.«

Das Mädchen lachte. »Siehst du? Genau das meine ich. Michelle hat drei Stunden für etwas gebraucht, was du in zwei Minuten geschafft hast. Im Gegensatz zu dir hat sie aber aufgegeben. Vielleicht solltest du ihren Ratschlag tatsächlich annehmen und sie anstelle von mir einmal flachlegen. Meinen Segen hast du jedenfalls.«

Ich starrte das Mädchen ungläubig an. »Das ist nicht lustig, kleine Schlange. Michelle ist entweder ein integraler Teil von dir und verdient daher den gleichen Respekt wie du, oder sie ist eine eigenständige Persönlichkeit und verdient allein schon deswegen Respekt.«

»Glaubst du etwa, sie weiß das zu würdigen?«

Ich schüttelte meinen Kopf. »Das ist irrelevant. Ich bin wegen dir hier und nicht wegen Michelle.«

Das Mädchen legte plötzlich den Pinsel aus der Hand und richtete sich auf. Sie hatte einen seltsamen Ausdruck im Gesicht und kleine Tränen sammelten sich in ihren Augenwinkeln. Ohne ein weiteres Wort zu verlieren, löste sie das Gemälde von der Leinwand und lehnte es sorgsam neben ihren Schrank an die Wand. Für einen Moment verharrte sie über das Bild gebeugt. Als sie wieder zu mir zurückkam, trug sie mein Portrait unter dem Arm. Sie schraubte es an der Staffelei fest und kniete sich wieder neben mich.

Wir starrten gemeinsam auf das bunte Wirrwarr aus Linien, Kreisen und Strichen, die sich willkürlich über die Leinwand erstreckten. Angesichts der Umstände, sowie meiner mangelnden Erfahrung und Fähigkeiten, hatte ich mich entschlossen, gar nicht erst zu versuchen, ein Portrait des Mädchens zu malen. Stattdessen habe ich beschlossen, etwas wie ihre Schlafzimmerwand zu gestalten, etwas, bei dem sie ihrer Fantasie freien Lauf lassen konnte.

Trotz meines kleinen Tricks war der Hintergrund jedoch das einzige Element, das mir halbwegs gut gelungen ist. Ich hatte es tatsächlich geschafft, einen überwiegend einheitlichen schwarzen Grund zu malen. Lediglich einmal hatte ich versehentlich die blaue Farbe erwischt, sodass sich ein breiter Streifen diagonal über das Bild zog und den Hintergrund in drei ungleichgroße Teile aufspaltete. Der einzige größere Aufhänger in dem ganzen Bild, war ein plattgelbes Möbiusband, das mehr oder weniger mittig platziert das Zentrum des Gemäldes einnahm. Auf dem schwarz-blauen Hintergrund strahlte es jedoch beinahe schon in einem goldenen Licht.

»Es ist wunderschön.«

Das Mädchen begann leicht zu zittern. Ich legte einen Arm um ihre Schulter und zog sie etwas näher an mich heran.

»Du brauchst eine Brille, kleine Schlange. Ich denke, Michelles Kontaktlinsen müssen deine Sehkraft beeinträchtigt haben.«

»Nein, ich meine es ernst. Zugegeben, es ist keine neue Gioconda… noch nicht einmal eine mit Schlangenaugen… aber du hast mich besser getroffen, als ich es bei einem Selbstportrait gekonnt hätte.«

»Ich glaube, du übertreibst, um mir eine Freude zu machen.«

»Ja, das tue ich.« Sie stieß ein nervöses Kichern aus. »Was ich sagen möchte, ist, dass das Bild mich zum Nachdenken gebracht hat. Du hast vermutlich unwissentlich ein paar Gedanken einfließen lassen, die mir in dieser Form noch gar nicht gekommen sind.«

»Kannst du das auch erklären?«

Sie ließ ihren Blick noch einmal über das Portrait gleiten. »Nein.«

»Nein?«

»Nein. Das ist zu persönlich und ich denke, du musst auch nicht alles verstehen, was in mir vorgeht. Ich bin ein Schlangenmensch und brauche manchmal meine kleinen Geheimnisse. Mal ganz abgesehen davon sind Bilder dazu da, um Gedanken anzuregen. Wenn ich sie dir erklären würde, bevor du sie selbst verfolgt hast, würde ich dir lediglich eine Bedeutung aufzwängen, die sie für dich möglicherweise gar nicht haben. Oder was glaubst du, warum die echte Gioconda so geheimnisvoll lächelt?«

»Deine anderen Bilder hast du mir aber auch erklärt.«

»Nicht alle und keinesfalls vollständig. Ich habe dir lediglich gezeigt, wie man sie lesen kann… wie man sie lesen *könnte*.«

»Und warum habe ich auf einmal das Gefühl, dass du mir etwas verschweigst?«

Anstatt mir zu antworten, lehnte sich das Mädchen zu mir hinüber und gab mir einen Kuss.

Ich wusste nicht, wie mir geschah. Das Mädchen war nicht die erste Frau, die mich geküsst hatte, und auch ich hatte ihr bereits im *Grenelle* einen ersten, flüchtigen Kuss auf die Lippen gedrückt. Doch dieses Mal war es anders. Mir stieg schlagartig eine furchtbare Hitze ins Gesicht, während sich in meinem Inneren eine lähmende Kälte breitmachte. Ich wollte ihr etwas sagen, irgendetwas, brachte jedoch kein Wort hervor. Das Mädchen grinste mich an.

»Ist dir schon einmal die Idee gekommen, dass ich vielleicht wirklich möchte, dass du Michelle flachlegst, Mister?«

»Was?« Meine Zunge klebte mir am Gaumen, sodass sich meine Frage wohl eher wie das trockene Krächzen eines Raben angehört hatte. Ich räusperte mich. »Warum?«

»Weil ich... ich mich davor fürchte, mich selbst zu verlieren.«

Auch wenn ich das Mädchen zunehmend besser verstehen konnte, überraschte sie mich dennoch immer wieder aufs Neue. Sie musste einen ausgesprochen komplexen und mindestens ebenso widersprüchlichen Charakter besitzen, wenn sich ihre Wünsche und Ängste so diametral gegenüberstehen und dennoch eine gemeinsame Einheit bilden konnten.

»Was genau möchtest du, kleine Schlange?«

»Anerkennung.«

»Und du glaubst, wenn ich mit Michelle schlafe, würde mir das helfen, dich als das anzuerkennen, was du sein willst?«

Sie schüttelte ihren Kopf. »Nimm mich nicht so wörtlich. Wenn ich Michelle bin, kann ich mich von außen betrachten. Sozusagen. Ich kann dadurch besser nachvollziehen, was sie macht und wie sie denkt und dann ihr Verhalten übernehmen, falls ich selbst in eine ähnliche Situation kommen sollte. So lerne ich.«

»Und warum fürchtest du dich dann davor, dich selbst zu verlieren?«

Ein verlegenes Grinsen stahl sich auf ihr Gesicht. »Ich möchte dir gefallen, Mister. Wenn ich aber nicht verstehe, was du von mir erwartest, kopiere ich blind deine Erwartungen an mich. Ich werde zu dem, was ich denke, was du von mir willst. Und davor fürchte ich mich. Ich möchte nicht zu einer zweiten Michelle werden.«

»Du bist nicht Michelle.« Ich strich ihr mit meinen Fingern durch die Haare und zog ihr die Perücke vom Kopf. »Du bist besser als sie und hast daher auch etwas Besseres verdient als das hier.«

Das Mädchen reagierte nicht. Sie starrte mich nur mit ihrem leeren Gesichtsausdruck an, als wäre ich eine langweilige Gleichung, die sie lösen müsste. Bei jeder anderen Frau hätte ich das als ein deutliches Zeichen von Desinteresse gewertet und hätte mich mit einer Entschuldigung auf den Lippen verabschiedet. Aber das Mädchen kannte ich inzwischen besser. Ich beugte mich zu ihr nach vorne und gab ihr einen flüchtigen Kuss auf die Nasenspitze, während ich langsam die Knöpfe ihrer Bluse öffnete. Ich hatte bereits die ersten beiden Knöpfe geöffnet, als sie plötzlich aus ihrer Starre erwachte und mir rasch auf die Finger klopfte.

»Nein.«

118

Ihre plötzliche Berührung traf mich wie ein Stromschlag. Ich schnellte zurück, als hätte ich unter dem Stoff eine wütende Klapperschlange aufgescheucht.

»Sorry, ich—«

»Nein. Ich muss das machen.« Sie zwirbelte nervös an ihren Knöpfen herum und löste sie Stück für Stück aus ihren Löchern heraus. »Du hast recht. Ich bin nicht Michelle. Das hier muss meine eigene Erfahrung werden. Du kannst sie hinterher aber immer noch bespringen, wenn du willst. Das sollte ich eigentlich hinbekommen können.«

Sie lächelte mich gequält an und ich hatte mit einem Mal ein schlechtes Gewissen. Vielleicht hatte ich sie doch falsch eingeschätzt und drängte sie zu etwas, wozu sie noch nicht bereit war.

»Du weißt, du musst das nicht tun. Wir können—«

Das Mädchen zog sich Michelles Bluse über den Kopf und schleuderte sie mir in einer einzigen fließenden Bewegung ins Gesicht.

»Du bist und bleibst wirklich eine Pfeife, Mister.«

Kaum hatte ich mich wieder aus dem Hemd freigekämpft, fesselte mich das Mädchen mit einem langen Kuss. Sie hatte mich so sehr überrumpelt, dass es mir zunächst schwerfiel, mich auf sie einzustellen. Ihr schien es ähnlich zu ergehen, waren ihre Lippen anfänglich doch ausgesprochen steif und sorgten dafür, dass jede noch so kleine Bewegung den Kuss augenblicklich unterbrach. Schließlich lösten wir uns wieder voneinander und das Mädchen lehnte sich mit einem zufriedenen Grinsen im Gesicht zurück.

Ich lehnte mich selbst etwas weiter nach hinten, um einen besseren Blick auf ihren Oberkörper zu erhaschen. Sie war unter ihrer Bluse attraktiver als ich erwartet hatte. Die Aufregung hatte eine leichte Röte über ihre Haut gelegt und ihr Atem hatte sich beschleunigt, wodurch sich ihre Brüste in einem kräftigen, aber gleichmäßigen Takt hoben und senkten. Auch wenn sie nicht—

»Lass das sein.«

Das Mädchen ließ mich aus meinen Gedanken hochschrecken. »Was?«

»Du hast schon wieder diesen Blick drauf. Es freut mich, wenn ich dir gefalle, aber ich bin kein Ausstellungsstück, dass du wie für einen Museumskatalog herunterbrechen und auf seine Höhepunkte reduzieren kannst.«

»Was meinst du?«

Sie grinste mich an, doch musste ich instinktiv an das Lächeln einer Hyäne denken, die auf einen frischen Kadaver schielte. »Woran hast du gerade gedacht, als du mich betrachtet hast?«

»Äh, Birnen?«

»Birnen.«

»Ich hatte Hunger?«

»Du wolltest mich also verschlingen? Mit Haut und Haaren?«

»Sowas in der Art.«

Das Mädchen setzte wieder seine emotionslose Maske auf, kaute dieses Mal aber auf seiner Unterlippe herum. Ihre Beine hatte sie vor ihre Brust gezogen und stützte nun ihr Kinn darauf.

»Du machst genau das, was du mir versprochen hast, dass du es nicht tun würdest. Du hast gesagt, du würdest mich nicht wie Michelle behandeln, dass ich besser wäre als sie.«

»Das bist du auch, kleine Schlange.«

»Und trotzdem beschreibst du mich, wie jede andere Frau auch: als ein beliebig zerteilbares Kunstwerk.«

»Nein, das habe ich nicht.«

»Aber du hast es gedacht. Birnen.«

»Birnen?«

»Reife Äpfel, ein knackiger Pfirsich, feste Melonen, eine saftige Pflaume… Nenn' sie, wie du willst, aber das sind Körperteile von Frauen. Sie sind austauschbar. Ist eine gammlig, gehst du in den nächsten Laden und kaufst dir eine frischere. Aber alles, was du am Ende erhältst, ist ein haariger Fruchtsalat.«

Mir zog sich mein Magen zusammen. Auch wenn ich nicht genau sagen konnte, ob es mein schlechtes Gewissen war oder doch eher ihr unappetitliches Beispiel, stieg mir etwas Galle in den Rachen. Ich schluckte meine Übelkeit so gut es ging hinunter und schaute dem Mädchen in die Augen.

»Es war nicht böse gemeint.«

»Das weiß ich.«

»Und wie soll ich dich wertschätzen, wenn ich nicht beschreiben kann, was mich fasziniert?«

»Mhm.« Das Mädchen klopfte mit den Fingern auf seiner Wade herum. Anscheinend hatte sie selbst keine passende Antwort darauf. »Du könntest einfach schweigen.«

»Schweigen?«

»Ja, schweigen. Sprich es nicht aus, versuche es noch nicht einmal zu denken, Mister. Behalte deine Gedanken für dich und verschließe sie in deinen Gefühlen. Auf die Weise fällst du nicht auf sprachliche Pfeifen herein. Du erinnerst dich an den Hund?«

Ich schüttelte meinen Kopf. »Nicht böse gemeint, aber das klingt albern. Wie soll das überhaupt funktionieren?«

»Komm mit.«

Sie stand auf und zog mich hinter sich her in ihr Schlafzimmer. Mit einer stummen Geste ließ sie mich bei der Türe auf sie warten, während sie zum Fenster eilte und die Vorhänge zuzog. Das Zimmer verdunkelte sich augenblicklich, bis ich kaum noch ihre Silhouette zwischen all den Schatten ausmachen konnte.

»Ich denke, ich weiß, was du machst. Du glaubst also, wenn ich dich nicht mehr sehen kann, kann ich auch keine Fehler mehr machen?«

»Fast.« Sie schlüpfte aus ihrer Jeans heraus und ließ sie auf den Boden fallen. Sie war nur noch ein nackter Schatten in der Dunkelheit und ich fluchte innerlich, dass ich kaum noch etwas sehen konnte. »Stille ist die Sprache der Träume und Sehen ist die Sprache des Lebens. Etwas zu sehen, bedeutet jedoch, etwas besitzen zu wollen, es für sich zu beanspruchen. Ich möchte mich aber selbst besitzen können, denn nur so kann ich mit dir teilen, was ich habe. Wenn du vorher von mir Besitz ergreifst, funktioniert das aber nicht mehr. Schließ' die Türe.«

»Und was soll ich anschließend machen?«

Sie lachte und für einen kurzen Moment meinte ich, ihre Augen aufblitzen sehen zu können. »Schweige mit mir zusammen.«

UND SIE WAREN BEIDE NACKT,
DER MENSCH UND DIE FRAU,
UND SCHAEMTEN SICH NICHT.

Dein Name sei Eden

Dein Name sei Eden

Samstag

Den Blumenstrauß fest in meiner Hand umklammert sprang ich die restlichen Treppenstufen nach oben. Im Vergleich zu den anderen Tagen der letzten Woche war ich ausgesprochen spät dran. Auch wenn ich mir nicht wirklich etwas zu Schulden habe kommen lassen, hatte ich dem Mädchen gegenüber ein schlechtes Gewissen. Wir hatten uns für heute zwar nicht verabredet, aber strenggenommen hatten wir das an den anderen Tagen auch nicht getan. Wir waren einfach davon ausgegangen, dass ich sie wieder besuchen würde. Wenn ich nun darüber nachdachte, wie sie hinter der Tür auf mich gewartet hatte, ohne zu wissen, ob ich überhaupt zu ihr zurückkehren würde, versetzte mir das einen Stich ins Herz. Das Mädchen hatte recht. Ich hatte zu viel einfach für gegeben angenommen.

Darüber hinaus war es nicht meine Art, eine Frau einfach so allein zu lassen, nachdem wir miteinander geschlafen hatten. Wenn es nach mir gegangen wäre, hätte ich auch die restliche Nacht bei ihr verbracht, aber die Welt dreht sich nun einmal weiter und nimmt keine Rücksicht auf die Wünsche einzelner Menschen. Das mindeste, was ich nun tun konnte, bestand darin, ihr eine kleine Freude zu bereiten. Ich wusste zwar nicht mit Sicherheit, was sie von Blumen im Allgemeinen und von Sträußen im Speziellen hielt, aber gemessen an ihrer

Reaktion auf den Apfel, dürfte sie sich über einen Strauß frischer Rosen bestimmt freuen.

Die Wohnungstüre des Mädchens war zu meiner Überraschung dieses Mal jedoch verschlossen. Ich konnte nur hoffen, dass sie es mir nicht allzu übel nahm, dass ich mich verspätet hatte, um ihr den Strauß zu besorgen. Mit pochendem Herzen versteckte ich die Blumen hinter meinem Rücken und klopfte an die Türe.

Es dauerte einige Zeit, bis sich die Türe öffnete. Anstelle des Mädchens lehnte jedoch Michelle im Türrahmen und lächelte mich schwach an. Bis jetzt war mir noch gar nicht aufgefallen, wie herzlich das Mädchen im Vergleich zu anderen Lächeln konnte. Michelles Lächeln war ehrlich, keine Frage, aber deutlich einstudierter und kälter als das ihre.

»Du bist spät.«

Es war eine bloße Feststellung ohne offensichtlichen Vorwurf, aber dennoch ließ mir etwas in ihrer Stimme einen kalten Schauer den Rücken hinunterlaufen.

»Sorry.« Ich zückte den Rosenstrauch hinter meinem Rücken hervor und reichte ihn ihr. »Ich wollte nicht mit leeren Händen erscheinen und habe versucht, etwas Besonderes für dich zu finden. Ich kann dir sagen, es war alles andere als einfach, etwas so Spezielles aufzutreiben.«

»Blumen?« Sie nahm mir den Strauß aus der Hand und zupfte an einer Blüte herum. »Sie sind aus Plastik.«

Ich zwinkerte ihr zu. »100% naturbelassenes Polyester. Sie sind eigentlich für deine Schwester gedacht, aber ich denke, ich kann sie auch dir geben. Gefallen sie dir?«

»Meine Schwester.« Sie ließ ihren Arm sinken und starrte mich mit einem seltsamen Ausdruck im Gesicht an. Wenn ich sie nicht besser kennen würde, hätte ich gedacht, es wäre eine Mischung aus Mitleid und Belustigung gewesen. »Ich denke, sie sind, uhm… nett. Komm rein.«

Sie löste sich vom Türrahmen und lehnte im Vorbeigehen den Blumenstrauß wie einen Regenschirm gegen den Türrahmen. Ich hatte mir unterwegs viele mögliche Reaktionen des Mädchens ausgemalt, doch »nett« war nicht unter ihnen gewesen. Ich trat hinter ihr in die Wohnung und schloss die Türe.

»Tut mir leid, wie es hier aussieht, aber ich bin gerade mitten am Aufräumen. Kann ich dir irgendetwas anbieten? Kaffee? Kuchen? Tee?«

»Nein, danke. Ich brauche nichts.« Michelle oder nicht, aber so förmlich hatte ich das Mädchen bisher noch nicht erlebt. Für ihre Verhältnisse war sie ungewöhnlich distanziert und beherrscht. Soweit ich es sagen konnte, war Michelle selbst in ihren ernsteren Momenten noch deutlich lebhafter als die Frau vor mir. Ich machte mir langsam Sorgen um sie. »Ist alles in Ordnung?«

»Natürlich ist alles in Ordnung. Warum sollte etwas nicht in Ordnung sein?«

»Du benimmst dich heute ausgesprochen seltsam.«

»Tue ich das?« Sie zuckte mit den Schultern und lächelte mich an. Es war genauso kalt wie ihr vorheriges Lächeln. »Ich schätze, ich bin einfach nur froh, dich zu sehen. Jetzt bin ich glücklich.«

Sie griff nach meiner Hand und führte mich ins Wohnzimmer. Ich setzte mich auf ihr Sofa und musterte das Mädchen, während sie sich neben mir niederließ. Sie trug Michelles Perücke und Kontaktlinsen, ihre weiße Bluse und eine Hose aus hellblauem Denim. Ihre Körperhaltung war ebenso gefasst und beherrscht wie ihr ganzes Verhalten. Es fiel mir immer noch schwer, mir vorzustellen, dass diese Frau und das Mädchen ein und dieselbe Person sein sollten. Wären sie mir als Fremde auf der Straße begegnet, wäre ich niemals auf den Gedanken gekommen, dass sie auch nur im Entferntesten etwas miteinander zu tun haben könnten. Sie waren sich einfach zu verschieden. Das Mädchen musste eine begnadete Schauspielerin sein, wenn sie sich so überzeugend verändern konnte. Doch unabhängig davon, ob ich nun Michelle oder das Mädchen vor mir hatte, verhielt sie sich ausgesprochen merkwürdig.

»Du weißt, dass du mit mir reden kannst, Michelle. Stimmt etwas nicht?«

»Ich bin nicht Michelle.«

»Okay. Gut. Was ist los, kleine Schlange? Warum verhältst du dich so komisch?«

Das Mädchen fuhr sich mit der Zunge über die Lippe. »Ich bin nicht… Nenn' mich nicht so. Das ist furchtbar respektlos.«

Für einen Moment wusste ich nicht, was ich sagen sollte. Die Frau vor mir war definitiv meine kleine Schlange, verhielt sich aber, als würden wir uns heute das erste Mal gegenüberstehen. War das hier eine weitere Verkleidung des Mädchens? Noch ausgefeilter als es selbst Michelle gewesen war? Ich streckte meine Hand aus und strich vorsichtig durch ihre Haare. Sie waren so weich und geschmeidig, wie sie aussahen, und glitten elegant durch meine Finger hindurch, während sie sich sanft an meine Haut schmiegten.

Es war keine Perücke.

»Überraschung.« Das Mädchen verzog keine Miene. »Ich denke, für den Moment kannst du mich Irene nennen, wenn du willst. Der Name ist so gut, wie jeder andere auch.«

Irene strahlte mich plötzlich an und es schien das erste Mal so etwas wie ein aufrichtiges Gefühl in ihrem Lächeln zu liegen. Es erinnerte mich unangenehm an das schelmische Grinsen eines Totenschädels. Ich zog rasch meine Hand zurück, als hätte ich meine Finger versehentlich über Yoricks kahles Haupt gleiten lassen.

»Aber… wie?«

Anstatt mir zu antworten, streckte sie mir ihre Hand entgegen. Ich erwartete schon beinahe, eine getrocknete Rosine in ihrer Handfläche zu entdecken, doch stattdessen lag in ihrer Mitte ein kleines Glasfläschchen. Ein fahles Gefühl breitete sich in meiner Magengrube aus und kletterte unaufhaltsam weiter nach oben. Das Fläschchen war leer.

»Als ich dich am Donnerstag umarmt habe, habe ich das hier in deiner Tasche gefunden. Ich weiß, dass ich es mir nicht hätte nehmen dürfen, aber ich bin neugierig geworden und habe es mir spontan in die Hosentasche gesteckt. Ich wollte es dir eigentlich wieder zurückgeben, doch als du angefangen hast, mich wirklich zu verstehen, habe ich beschlossen, auch etwas für dich zu tun. Ich wollte dir gefallen.«

»Es ist meins?«

»Ja.« Sie zog ihre Mundwinkel nach oben und formte ein weiteres trockenes Lächeln. »Als du gestern Abend gegangen bist, habe ich mir etwas Milch aufgekocht und den Inhalt des Fläschchens untergerührt. Es war zunächst eigenartig süßlich, hatte dann jedoch einen unangenehm bitteren Nachgeschmack und… naja… ich weiß nur noch, dass ich rasende Kopfschmerzen bekommen habe. Am nächsten Morgen bin ich in meinem Bett aufgewacht. Der Rest dazwischen ist irgendwie verschwommen.«

Ich nahm das leere Fläschchen aus ihrer Hand und schloss es in meine Finger. Sie zitterten.

»Und wie fühlst du dich?«

»Wie ich mich fühle? Ich fühle mich vollkommen. Ich bin ganz. Ich bin glücklich.«

Ich musterte Irene. Sie wirkte tatsächlich bedeutend ausgeglichener als es das Mädchen jemals gewesen ist. Der talgige Glanz ihrer Haut war verschwunden und dem gesunden Schimmer frischer Äpfel gewichen. Auch ihre Körperhaltung war selbstsicherer geworden. Sie saß aufrecht, lächelte ungezwungen und hielt ihre Hände vornehm auf ihrem Schoß verschränkt. Sie war das fleischgewordene Abbild eines vollkommenen Menschen und nicht mehr das seltsame, kleine Mädchen mit den bizarren Augen. Und doch hatte ich das unbestimmte Gefühl, dass ihre neue Persönlichkeit nichts anderes war als fein bemaltes Reispapier. Ihr Lächeln konnte mich nicht überzeugen und in ihren Augen lag ein unstetes, feuchtes Flackern, das überhaupt nicht zu ihrer Körperhaltung passen wollte.

»Bist du dir sicher?«

Ihre Miene verdüsterte sich augenblicklich. »Sei kein Arsch. Natürlich bin ich mir sicher. Ich bin keine Schlange mehr, ich habe jetzt Gefühle.«

»Du hattest auch vorher Gefühle. Mehr als jetzt, möchte ich hinzufügen. Du hast nur nicht die richtigen Worte gefunden, um sie auszudrücken.«

Irene holte plötzlich mit ihrer Hand aus und verpasste mir eine Ohrfeige. »Wage es nicht, mir zu erklären, was ich fühlen kann und was nicht. Das hier ist nicht dein Körper, sondern meiner.« Sie schloss die Augen und atmete tief durch. »Sieh es ein, Mister. Dein kleines Spielzeug ist tot.«

134

»Sie ist... du bist... ihr seid für mich kein Spielzeug gewesen.«

»Ach ja? Und wie war das mit der »kleinen Schlange«?«

Ich zuckte mit den Schultern. Auf einmal fühlte ich mich ihr gegenüber furchtbar hilflos. »Ein harmloser Kosename. Nichts weiter.«

Irene funkelte mich wütend an. »Wie heiße ich eigentlich? Wirklich?«

»Was?«

»Wir kennen uns jetzt seit gut einer Woche. Du hast behauptet, mir helfen zu wollen, hast behauptet, mich mehr zu mögen als die völlig normal erscheinende Michelle, bist sogar mit mir ins Bett gestiegen... und trotzdem hast du mich nicht ein einziges Mal nach meinem Namen gefragt. In deinen Augen war ich kein Mensch und habe daher auch keinen Namen gebraucht. Ich war ein niederes Tier, das du nach Belieben an der Leine herumführen oder streicheln konntest. Dass ich einen eigenen Namen tragen und eine eigene Persönlichkeit besitzen könnte, ist dir nie in den Sinn gekommen. Nicht einmal als du angefangen hast, deine »kleine Schlange« zu verstehen, hast du sie nach ihrem Namen gefragt. Sie war es einfach nicht wert.« Sie lehnte sich nach vorne und senkte ihre Stimme. »Und weißt du, was das Schlimmste daran ist?«

Ich schüttelte meinen Kopf.

»Du hast recht gehabt. Das dumme Mädchen hat wirklich geglaubt, dass du ihr helfen möchtest, dass du ihr auf Augenhöhe begegnest und ihr zuhörst. Ich habe den Unterschied erst heute Morgen begriffen.«

»Wie heißt du eigentlich?«

Irene ließ sich zurück auf das Sofa fallen und verschränkte die Arme vor der Brust. »Das werde ich dir nicht verraten. Du hast inzwischen zu viel Zeit mit dieser Schlange verbracht und bereitwillig ihr Gift geschluckt. Nicht mehr lange und du wirst selbst zu einer werden. Vielleicht ist es sogar schon zu spät.«

»Du sagst das, als wäre das etwas schlechtes.«

Irene lächelte mich an. Es war ein helles Lächeln. Aufrichtig. Und mit einem Mal begriff ich, warum das Mädchen von einem Lächeln der Totengräber gesprochen hatte.

Es war herablassend.

Irene wusste aus eigener Erfahrung, wie Schlangen behandelt wurden und was es bedeutete, als Schlange unter Menschen leben zu müssen. Sie wusste, was auf mich zukommen würde, wenn ich mich weiter mit ihnen einlassen würde. Sie lächelte nicht aus Überzeugung heraus. Sie lächelte aus Mitleid und Schadenfreude.

Niemand dürfte das besser begreifen können als ein Totengräber. Tag für Tag sahen sie die Trauer und das Unglück der Hinterbliebenen und wussten, dass der wirkliche Schrecken erst einsetzen würde, wenn ihre Geliebten Schaufel für Schaufel mit feuchtkalter Erde bedeckt wurden und sie sich bewusst machten, dass sie bald das gleiche Schicksal ereilen würde und sie nichts daran ändern können. Sie waren hilflos, machtlos, ein Spielball höherer Mächte. Die Totengräber bemitleideten diese armseligen Kreaturen und schenkten ihnen ihr Lächeln in dem Wissen, dass es für ihre Trauer keine Heilung geben wird.

Hinter all dem schwang jedoch eine perverse Lust mit, die makabre Befriedigung, dass man selbst diesem Schicksal entgangen war. Sie standen jenseits dieser Kreaturen, hielten die Schaufel fest in der Hand, und warteten darauf, dass sich die Gräber wieder öffnen würden. Sie lächelten, weil sie wussten, dass sie es selbst waren, die die Gräber öffnen würden.

Irene stand nun über dieser Erfahrung. Sie war keine Schlange mehr, sondern konnte sich frei unter Menschen bewegen, unter ihresgleichen. Für sie würde es kein bemitleidendes Lächeln mehr geben. Sie konnte es vergeben. Ich dagegen stand nun auf der anderen Seite. In ihren Augen war ich nun die Schlange und ihr Lächeln galt mir und mir allein.

Plötzlich lachte sie laut auf und riss mich aus meinen Gedanken. »Wir zwei sind schon ein seltsames Paar, was? Ich wollte dich eigentlich überraschen und dir eine Freude bereiten, doch stattdessen streiten wir uns wie ein altes Ehepaar. Dabei bin ich noch nicht einmal wütend auf dich.«

»Du bist es nicht?« Ich rieb mir demonstrativ meine Wange. »Für mich hat es sich jedenfalls so angefühlt.«

Sie lächelte mich an und verzog ihr Gesicht zu einer grinsenden Grimasse. »Versteh mich nicht falsch – Du bist ein Arsch und ich *sollte* auf dich wütend sein, bin es aber nicht. Du hast eine alberne Schlange vorgeführt. Na und? Ich bin nicht wie sie und was du mit ihnen anstellst, interessiert mich nicht mehr. Ich bin glücklich. Ich bin frei.« Irene streckte mir auffordernd ihre Hand entgegen. »Was hältst du von einem neuen Anfang, Mister?«

Ich starrte wortlos auf ihre ausgestreckte Hand. Irenes Verhalten war ebenso wie ihr zur Schau gestellter Charakter bestenfalls verstörend. Ihr ganzes Gebaren wirkte wie eine

Mischung aus übersteigerter Normalität und neurotischem Zwang. Es war noch nicht einmal etwas Konkretes, auf das ich den Finger legen konnte, aber Irene erschien mir noch mehr wie ein künstliches Gebilde als es sogar Michelle gewesen ist. Sie war eine Marionette, die von zwei unterschiedlichen Puppenspielern geführt wurde, die sie jeweils in eine andere Richtung führen wollten. Sie gab sich alle Mühe, den Anschein selbstbestimmter Kontrolle aufrechtzuerhalten, doch war das kaum mehr als eine Illusion. Die Puppe war nicht lebendiger als das Material, aus dem sie gemacht war.

Ich schob ihre Hand wortlos auf die Seite und beugte mich nach vorne, um Irene in den Arm zu nehmen. Es war mir gleichgültig, ob sie nun Irene, Michelle oder meine kleine Schlange war. Das Mädchen mit den unheimlichen Augen steckte in allen drin, auch wenn sie sich unter blondem Haar und braunen Augen versteckt halten mochte.

Irene versteifte sich, als ich meine Arme um sie legte, sackte dann jedoch plötzlich wie ein nasser Sack in sich zusammen. Ihr Körper zitterte und für einen kurzen Moment meinte ich, ein leises Seufzen zu hören. Doch als wir uns voneinander lösten, war Irene wieder so gefasst, wie zuvor. Lediglich ihre Augen hatten einen feuchten Glanz angenommen, der nicht so recht zu ihrer Körperhaltung passen wollte.

Sie stieß ein nervöses Kichern aus. »Okay. Ich nehme an, wir können das als einen Handschlag werten, oder?«

Ich nickte. »Es ist mir inzwischen egal, wer du bist. Michelle, Irene, oder wie auch immer du dich nennen möchtest, es spielt keine Rolle. Ich bin für dich da, solange du das willst.«

»Schl—« Irene biss sich auf die Zunge und blickte mich mit einem starren Ausdruck in ihrem Gesicht an. »Okay. Und was machen wir jetzt?«

»Mhm, jetzt? Ich weiß es nicht. Uh…«

Tatsächlich hatte ich keine Ahnung, wie ich mit Irene umgehen sollte. Sie war für mich eine völlig Fremde und ihr dürfte es mit mir vermutlich nicht anders ergehen. Wir kannten uns nicht mehr. Sie war eine Schlange im Aufsteigen begriffen und ich ein Mensch im Abstieg. Auch wenn wir uns im Augenblick mehr oder weniger auf Augenhöhe gegenüberstanden, würden wir die Welt schon bald auf sehr unterschiedliche Weise wahrnehmen. Was wir brauchten, war ein gemeinsamer Bezugspunkt, ein Bindeglied zwischen Mensch und Schlange.

»Du könntest mir noch einmal deine Bilder zeigen. Du hast mir gestern gesagt, dass du sie mir nicht vollständig erklärt hast. Wir könnten versuchen, sie gemeinsam zu verstehen.«

»Welche Bilder?«

»Deine Bilder.«

Mit einem flauen Gefühl im Magen wandte ich mich um. Die Küche und die andere Hälfte des Zimmers waren hell erleuchtet, die Wände und die Decke waren leer. Stattdessen stapelten sich vergilbte Umzugskartons in der Ecke.

»Ich habe dir doch gesagt, dass ich gerade am Aufräumen bin. Es dauert leider noch knapp eine Woche, bis der Müll abgeholt wird.«

»Der Müll.« Ich schüttelte mich und blickte Irene in die Augen. »Das ist kein Müll. Das ist Kunst.«

»Schlangenkunst, Mister. Das verdammte Zeug braucht kein Mensch.«

»Und darum willst du deine Bilder einfach wegschmeißen?«

»Ich wollte sie eigentlich verbrennen, aber damit würde ich nur die Wohnung gefährden. Du kannst sie haben, wenn du willst. Ich brauche sie nicht mehr.«

»Du kannst sie nicht einfach wegwerfen. Sie sind ein Teil von dir.«

Irene schüttelte ihren Kopf. »Jetzt nicht mehr, Mister. Ich bin jetzt glücklich. Wirklich glücklich.«

SO LIESS ICH MITTEN IN DIR EIN FEUER AUSBRECHEN,
DAS DICH VERZEHRT HAT,
VOR DEN AUGEN ALL DERER, DIE DICH SAHEN,
MACHTE ICH DICH ZU ASCHE AUF DER ERDE.
ALL DEINE FREUNDE UNTER DEN VOELKERN
WAREN ENTSETZT UEBER DICH.
ZU EINEM BILD DES SCHRECKENS BIST DU GEWORDEN,
DU BIST FUER IMMER DAHIN.

Irene fing plötzlich an zu weinen. Sie saß einfach nur da, aufrecht und stumm, und starrte mich an, während ihr Tränen über die Wangen liefen.

»Glücklich?« Ich zögerte, rutschte dichter an sie heran und legte behutsam einen Arm um ihre Schultern. »Du weinst, Irene.«

Sie blinzelte, machte jedoch keine Anstalten, sich zu rühren oder sich die Tränen zu trocknen. Sie ließ sie einfach laufen. »Das müssen Freudentränen sein. Ich bin glücklich.«

Ich schwieg und griff mit meiner freien Hand nach dem Schal auf dem Sofakissen. Ich hatte weder ein Taschentuch dabei, noch wollte ich Irene im Augenblick allein lassen, doch konnte ich es genauso wenig ertragen, sie weinen zu sehen. Vorsichtig tupfte ich mit seinem Ende über ihre Wangen. Irene rührte sich nicht. Stattdessen starrte sie geradeaus in Richtung der grauen Umzugskartons.

»Es ist fort. Alles ist fort.« Ihre Stimme war kaum mehr als ein hohles Echo und jagte mir einen kalten Schauer durch meine Wirbelsäule.

»Was ist fort?«

»Alles. Die Bilder, die Träume, die Ängste.«

»Es ist gut, wenn deine Ängste verschwinden.«

»Es waren *meine* Ängste. *Ihre*. Sie wollte sie nicht aufgeben, weil sie ein Teil von ihr waren, aber ich habe sie dazu überredet, ihr gesagt, dass sie dir damit einen Gefallen tut. Diesen Teil von ihr habe ich ausgelöscht. Nun ist sie fort und ist zu mir geworden. Ich verstehe sie nicht mehr. Ihre Träume haben sich zusammen mit ihr aufgelöst.«

»Du bist noch immer hier, kleine Schlange.« Ich drückte ihr das trockene Ende des Schals in die Hände. »Wenn du es wirklich willst, kann sie wieder ein Teil von dir werden.«

Irene löste ihren Blick von den Kartons und richtete ihn auf mich. »Das ist es ja gerade, Mister. Ich will es nicht. Ich bin glücklich, weil ich nicht mehr so bin wie sie. Würde sie zurückkehren können, wäre ich nicht mehr glücklich. Sie hat keinen Platz mehr in meinem Leben, genauso, wie ich keinen Platz in ihrem gehabt habe. Wir gehören nicht zusammen.«

»Wer sagt das?«

»Eden.«

»Und was ist, wenn Eden sich irrt?«

»Eden irrt sich nicht. Unser Glück liegt in der Vervollkommnung. Nur wahre Vollkommenheit hat einen Platz in unserer Mitte verdient. Das Leben ist zu kurz, um sich mit den Ängsten und Träumen von Schlangen aufzuhalten. Ich verstehe das jetzt. Wir müssen vollständig sein, um wahres Glück erfahren zu können. Für alles andere gibt es keinen Platz mehr.«

»Wessen Glück?« Ich biss mir auf die Zunge, als mir die bittere Ironie hinter dieser Frage bewusst wurde. »Du irrst dich. Ich kann euch beide lieben – dich und meine kleine Schlange. In meinem Herz ist genug Platz für euch beide, ganz gleich, ob ihr vollkommen seid oder nicht. Für mich seid ihr es. Ich musste mich nur dazu überwinden, dir zuzuhören, um das zu begreifen. Und wenn ich das lernen konnte, können andere das auch.«

Irene nestelte mit ihren Händen gedankenverloren an dem Schal herum. Ihre schlanken Finger glitten über den Stoff hinweg, falteten ihn, verformten ihn, und zwirbelten ihn um seine eigene Achse, bis ein fester Knoten sein Ende zu einer hässlichen Schlinge formte. Sie würde es später nicht leicht haben, einen solchen Knoten wieder herauszulösen. Wahrscheinlich würde sie den Schal ersetzen müssen.

»Und du glaubst, sie würden sich darauf einlassen?«

»Warum nicht?«

Ein schwaches Lächeln legte sich über ihre Lippen. »Das ist eine dumme Antwort.«

Ich zuckte mit den Schultern und drückte sie fester an mich. »Vielleicht ist sie es. Aber es gibt keinen Grund, warum sie es nicht versuchen sollten. Es sind auch nur Menschen.«

»Im Gegensatz zu uns?«

»Ja, im Gegensatz zu uns.«

Wir mussten plötzlich beide lachen. Die Anspannung in der Luft löste sich augenblicklich auf und wich einer schlichten Gelassenheit, die ich bisher weder bei dem Mädchen noch bei Michelle oder Irene gespürt hatte. Irene schien das gleiche zu spüren. Sie lächelte mich an, nahm mir das feuchte Ende des Schals aus der Hand und wischte sich die verbliebenen Tränen aus dem Gesicht. Sie hatte endlich aufgehört zu weinen.

»Kannst du mir bei einer Kleinigkeit helfen?«

»Natürlich. Deswegen bin ich schließlich hier: um dir zu helfen.« Ich strich ihr eine Strähne aus dem Gesicht und drückte ihr einen flüchtigen Kuss auf die Stirn. »Worum geht es?«

Irene löste sich vorsichtig aus meiner Umarmung und stand auf. »Um den Kronleuchter. Ich würde ihn gerne abhängen, schaffe das aber nicht allein.«

»Den Kronleuchter? Warum das denn?«

»Er ist mir im weg.«

Ich hob meinen Blick und betrachtete den Leuchter etwas genauer. Er war sichtlich alt, wenn auch nicht antik, und die äußere Schicht der Legierung war bereits stark angefressen, sodass sein Messingkern an mehreren Stellen hervorblitzte. Auch wenn ich nicht genau erkennen konnte, warum er sie großartig stören sollte, konnte ich gut nachvollziehen, warum sie meine Hilfe brauchte, um ihn abzuhängen. Er war zwar weder besonders groß noch waren seine gefächerten Arme allzu sperrig, doch dürfte er allein tatsächlich etwas schwer zu handhaben sein.

»Okay.«

Irene kletterte auf den Wohnzimmertisch und schob dabei versehentlich ihren Apfel mit der blauen Plastikblume über die Kante. Ich bückte mich und hob ihn auf. Der Apfel war inzwischen etwas angeschrumpelt, aber immer noch erstaunlich frisch.

»Pass auf, sonst beschädigst du noch deinen Apfel.«

»Meinen Apfel?« Irene hielt in ihrer Bewegung inne und wandte ihren Kopf in meine Richtung. »Ach, das Ding.«

»Das… Ding?«

Sie nahm mir den Apfel aus der Hand und betrachtete ihn für einen Augenblick. Schließlich zog sie die Blume heraus und warf den Apfel achtlos aus dem Fenster.

144

»Was sollte das denn?«

»Er ist nicht mehr reif und ich habe keine Verwendung für ihn.« Für einen Moment hielt sie sich die Blume vor die Augen, bevor sie ihren Stiel an ihrer Bluse abwischte und sie mir in meinen Gürtel klemmte. Ihre Hand zitterte leicht, als sie sich von der Blume löste. »Für dich. Eine von Algernons Blumen als Erinnerung an deine kleine Schlange.«

»Danke.«

Ich wandte mich von Irene ab und holte den kleinen dreibeinigen Hocker, der noch immer zu Füßen der Staffelei die Farben trug, die ich für das Portrait des Mädchens verwendet hatte. Ein feuchter Klos breitete sich in meinem Hals aus und schnürte mir die Luft ab.

»Glaubst du, der Schal wird lange genug heben?«

»Der Schal?« Ich stellte die Farbflaschen auf den Boden und atmete tief durch. Der terpentinartige Geruch der Farben brannte in meinen Lungen, doch wenigstens befreite er meinen Hals. »Ich schätze schon. Es ist ein guter Schal, denke ich, von guter Qualität. Wenn du vorsichtig mit ihm umgehst, wird er dich vielleicht sogar überleben.«

»Das hoffe ich.«

Ich stellte den Hocker neben dem Tisch ab und stieg auf ihn. Er ächzte leicht unter meinem Gewicht, blieb aber ruhig stehen. Ich griff nach oben und umfasste den Leuchter an seiner Basis.

»Okay, bereit?«

»Ja.«

Irene streckte sich und löste den Leuchter aus seiner Verankerung. Sofort spürte ich sein Gewicht in meinen Händen und hätte beinahe das Gleichgewicht verloren. Das verdammte Teil war schwerer als es den Anschein erwecken ließ. Nur mit viel Mühe gelang es mir, sicher vom Hocker herunterzusteigen und den Leuchter auf dem Boden abzustellen, ohne ihn vorzeitig fallenzulassen.

»Danke. Für alles. Du hast mir wirklich sehr geholfen.«

»Nichts zu danken.« Ich richtete mich wieder auf und trat instinktiv einen Schritt zurück. Meine Kehle zog sich zusammen und fühle sich an, als wäre sie in einem Schraubstock gefangen. »Was soll das?«

»Ich räume auf.«

Irene stand am Rand des Tisches und ließ ihre Zehen baumeln. Wo gerade eben noch der Kronleuchter gehangen hatte, hing nun ihr Schal von der Decke. Sein Ende war zu einer makabren Schlinge verformt, die mich instinktiv an ein zerstückeltes Möbiusband denken ließ. Irene hatte ihren Kopf in die Schlinge gelegt. Ich war sprachlos.

»Das ist nicht lustig, Irene.«

»Finde ich auch.«

»Aber… warum?«

»Du weißt warum.«

Ich versuchte, etwas zu erwidern, doch drehten sich meine Gedanken im Kreis herum und jagten sich selbst.

»Du weißt, du musst das nicht tun. Du kannst mit zu mir kommen und wir–«

»Ich denke, du solltest jetzt besser gehen.«

Mein Mund klappte auf und zu, doch brachte ich keinen Laut hervor. Ich fühlte mich wie ein Fisch auf dem Trockenen und konnte nur noch warten, bis mir endgültig die Luft ausgehen würde.

»Kann ich noch irgendetwas für dich tun?«

Irene zögerte. »Du kannst die Staffelei vor mir aufstellen und mein Portrait an ihr anbringen. Ich möchte mich noch einmal so sehen, wie ich gewesen bin. Ein letztes Mal.«

»Die *Gioconda mit den Schlangenaugen*?«

Ich setzte mich widerwillig in Bewegung. Mein Körper schien mir nicht mehr gehorchen zu wollen. Ich wollte zu ihr auf den Tisch klettern, ihr die Schlinge vom Hals reißen, sie in den Arm nehmen… doch meine Beine versagten mir den Dienst. Ich war nichts anderes mehr als ein gefühlloser Golem, der eine letzte Aufgabe zu erfüllen hatte, bevor er wieder zu dem seelenlosen Geschöpf werden würde, das er immer schon gewesen ist. Meine Zeit war abgelaufen. Es war vorbei.

Ich sprach kein Wort mehr und auch Irene schwieg, als ich die Staffelei durch das Zimmer trug und das Portrait an ihr befestigte. Schließlich wandte ich mich noch einmal in der vagen Hoffnung zu ihr um, sie vielleicht noch umstimmen zu können, doch wusste ich nicht, was ich noch großartig hätte sagen sollen. Sie hatte ihre Entscheidung längst getroffen.

Irene starrte mit einem kalten Ausdruck im Gesicht auf das Bild und würdigte mich keines Blickes mehr. Ich löste mich von dem Anblick und verließ ihre Wohnung. Kurz bevor ich die Türe hinter mir zuzog, wandte ich mich ein letztes Mal um und legte demonstrativ meine Visitenkarte auf die Sofalehne.

»Ich liebe dich.«

„Du warst ein vollendet gestaltetes Siegel,

Im Garten Gottes, in Eden,

voll Weisheit und vollkommener Schönheit.

bist du gewesen."

Sonntag

»Nein! Nicht schon wieder!«

Ich stieß einen spitzen Schrei aus. Für einen kurzen Moment wusste ich nicht, wo ich war. Alles um mich herum war in eine bleierne Dunkelheit getaucht, die sich wie ein ausgehungerter Fangarm langsam um meinen Hals herumschlang, mir die Luft abschnürte, mich erdrosselte. Panik stieg in mir auf.

Irene.

Mir schob sich plötzlich wieder das Bild von Irene vor die Augen, wie sie auf dem Wohnzimmertisch stand, den Körper gestreckt, den Blick auf das Gemälde fixiert, den Kopf in die Schlinge gelegt. Sofort presste ich mir meine Handballen gegen die Augen, bis das Bild langsam wieder verblasste. Ich zitterte, ich weinte, aber ich saß in meinem Bett.

»Es war nur ein verdammter Traum. Beruhig' dich.«

Ich atmete tief durch und tastete nach dem Lichtschalter. Mit einem leisen Knistern erwachte die Lampe auf meinem Nachttisch zum Leben. Es war nur ein mattes Licht, doch vertrieb es geflissentlich all die Gedanken, die sich in der Dunkelheit meines Zimmers so leicht verselbständigen konnten.

Für eine Weile saß ich regungslos da und lauschte auf das leise Summen der Lampe, das nur durch meine Atemstöße unterbrochen wurde. Als sich mein Herzschlag wieder einigermaßen beruhigt hatte, schwang ich meine Beine aus dem Bett und stand auf. Es war zwar erst halb eins, aber an Schlaf war jetzt nicht mehr zu denken. Selbst wenn ich es noch einmal versuchen würde, mein Bett war nicht in der

Verfassung mich wieder aufzunehmen. Die Bettdecke war zerwühlt, das Kopfkissen nass geweint und über allem hing der Geruch von kaltem Schweiß. Ich würde das Bett vorher erst wieder neu beziehen müssen, doch dafür hatte ich gerade keinen Nerv.

Stattdessen eilte ich in mein Bad und wusch mir die Tränen aus dem Gesicht. Getrocknete Tränen fühlten sich nirgendwo angenehm an, doch im Gesicht waren sie am schlimmsten. Als ich das Handtuch wieder senkte, starrte mir im Spiegel ein Paar gleichgültiger Augen entgegen. Beide waren geschwollen, beide rot gerändert, aber eines war moosigblau, das andere schimmerte schlammgrün.

»Was schaust du mich so blöd an?«

Der Spiegel blieb stumm und starrte mich an.

»Komm schon, das kannst du sonst doch auch besser.«

Der Spiegel blieb stumm und starrte mich an.

»Habe ich denn kein Mitgefühl verdient?«

Der Spiegel blieb stumm und starrte mich an.

»Es ist nicht meine Schuld, dass ich mich so fühle.«

Der Spiegel blieb stumm und starrte mich an.

»Was willst du eigentlich von mir? Soll ich mich etwa selbst verleugnen und etwas werden, was ich nicht bin, nur um von anderen anerkannt zu werden? Ich bin doch nicht verrückt.«

Der Spiegel blieb stumm und starrte mich an, doch dieses Mal zuckten seine Augen für den Bruchteil einer Sekunde nach oben. Ich folgte seinem Blick und starrte auf einen Notizzettel, den ich vor einigen Wochen am oberen Rahmen des Spiegels festgeklebt hatte.

ABER BIN ICH NICHT EINSAM, FURCHTBAR EINSAM?

Dein Name sei Eden

Die Worte waren auf dem zerknitterten Papier kaum noch zu lesen und hatten für mich längst ihren ursprünglichen Reiz verloren. Ich konnte noch nicht einmal mehr sagen, warum ich den Zettel überhaupt dort angebracht hatte. Und dennoch hing er nach wie vor dort oben und starrte mit seinem faltigen Auge missmutig auf mich herab. Ich senkte meinen Blick und richtete ihn auf die anderen beiden Papierfetzen, die ich an den Seitenrändern befestigt hatte.

WAR ICH ALSO EIN UNGEHEUER, EIN SCHANDFLECK AUF DIESER ERDE, DEM ALLE MENSCHEN AUSWICHEN UND DEN SIE VERABSCHEUTEN?

Ich schüttelte meinen Kopf. Auch wenn ich mich noch genau daran erinnern konnte, wie ich Wort für Wort abgeschrieben habe und wie mir gleich zweimal der Stift aus der Hand gerutscht war, konnte ich mich beim besten Willen nicht mehr daran erinnern, was ich mir dabei gedacht habe, als ich die Zitate an meinem Spiegel angebracht hatte. Ich konnte doch unmöglich bereits so zynisch und verbittert geworden sein wie Prometheus, oder?

DIE MENSCHEN WOLLEN NICHTS MIT MIR ZU TUN HABEN, ABER EIN EBENSO MISSGESTALTETES WESEN WIE ICH WUERDE MICH NICHT ZURUECKSTOSSEN.

Mit einem Fluch auf den Lippen riss ich die Zettel herunter, zerknüllte sie in meiner Hand und warf sie in Richtung des Mülleimers. Wie bei den letzten Malen auch verfehlte ich ihn und die Papierkugeln hüpften über den Boden. Sollte das etwa wirklich schon alles gewesen sein, was Eden Menschen wie mir mir zu bieten hatte? Die Wahl zwischen einer

Inschrift auf einem Grabstein in einer fremden Geschichte oder der zynischen Verbitterung, wenn ich sie ablehne?

Ich lief zurück ins Wohnzimmer, griff mir ein Bündel leerer Notizzettel und einen Stift und ließ mich auf dem Ledersessel nieder. Er stieß ein missmutiges Knarzen aus, als ich mich auf ihn setzte, doch ignorierte ich seine Beschwerden. Stattdessen kritzelte ich rasch einige Namen auf die Zettel, formte aus ihnen einen kleinen Stapel und mischte ihn durch. Schließlich legte ich auch den Stift aus der Hand und griff mir den ersten Zettel.

PROMETHEUS

Ich musste lachen. Dass ich ausgerechnet Prometheus als ersten erwischen würde, hatte ich nicht erwartet.

»Sorry, Prometheus. In Eden gibt es keine Frau für dich. Ich bleibe hier.«

Ich zerriss den Zettel und griff mir den nächsten.

CHARLIE GORDON

»Sorry, Charlie. Keine Blumen für Algernon mehr. Ich behalte meine.«

Ich zerriss den Zettel und griff mir den nächsten.

SEVERUS SNAPE

»Sorry, Snape. Harry hat dich falsch eingeschätzt. Deine Tränke bleiben bei mir.«

Ich zerriss den Zettel und griff mir den nächsten.

DR. RICHARD AMES

»Sorry, Richard. Für dich werde ich nicht mehr durch Wände gehen. Deine Katze bleibt bei mir.«

Ich zerriss den Zettel und griff mir den nächsten.

GWYNPLAINE

»Sorry, Gwynplaine. Homo und Ursus sind ohne dich weitergezogen. Dea bleibt bei mir.«

Ich zerriss den Zettel und griff mir den nächsten.

LENNIE SMALL

»Sorry, Lennie. George mag keine Mäuse. Sie bleiben bei mir.«

Ich zerriss den Zettel und griff mir den nächsten.

MARTIN & JOE

»Sorry, Martin. Sally hat nicht auf dich Acht gegeben und Joe ist nicht wirklich wie du. Deine Geburtstagskarten bleiben bei mir.«

Ich zerriss den Zettel zweimal und griff mir den nächsten.

VALENTINE MICHAEL SMITH

»Sorry, Mike. Du bist und bleibst ein Fremder. Deine Brühe bleibt bei mir.«

Ich zerriss den Zettel und griff mir den nächsten.

CARIETTA WHITE

»Sorry, Carrie. Du bist nicht rein genug für Eden. Deine Gabe bleibt bei mir.«

Ich zerriss den Zettel und griff mir den nächsten.

TIMOTHY ‚TINY TIM‘ CRATCHIT

»Sorry, Timmy. Eden singt keine Weihnachtslieder mehr. Deine Krücken bleiben bei mir.«

Ich zerriss den Zettel und griff mir den nächsten.

RANDLE PATRICK MCMURPHY

»Sorry, Randle. In Eden isst man keinen Fisch. Der Kuckuck bleibt bei mir.«

Ich zerriss den Zettel und griff mir den nächsten.

BEREN, BARAHIRS SOHN

»Sorry, Beren. Den Silmaril hast du vielleicht gewonnen, aber deine Nachtigall bleibt bei mir.«

Ich zerriss den Zettel und griff mir den nächsten.

AGNES

»Sorry, Agnes. Rosinen allein machen nicht glücklich. Dein Käsekuchen bleibt bei mir.«

Ich zerriss den Zettel und griff mir den letzten.

Dein Name sei Eden

Auch wenn es nicht sonderlich überraschend kam, zögerte ich für einen Moment. »Es tut mir leid, Irene, aber es ging nicht anders. Ich hoffe, du kannst mir verzeihen.«

Ich drehte den Zettel herum und schrieb einen letzten Namen auf die Rückseite, bevor ich auch ihn zerriss und seine Fetzen zu den anderen auf den Boden fallen ließ. Selbst wenn ich es schon lange geahnt hatte, war es doch befreiend, endlich einmal offen zu sehen, was mir all die Jahre direkt ins Gesicht gestarrt hatte. Eden war kein Paradies. Der Haufen Papierschnipsel auf dem Boden machte das nur allzu deutlich. Doch was war die Alternative?

Ich hatte kein Interesse daran, mich gemeinsam mit den anderen Schlangen im *Grenelle* zu verkriechen und darauf zu warten, dass sich etwas ändern würde. TikTok und die anderen waren zwar gute Leute, aber sie waren mir doch zu ähnlich, um eine echte Alternative darzustellen. Ich wollte leben, lernen und mich weiterentwickeln, so wie alle anderen auch. Aber das konnte nicht funktionieren, wenn man uns wie Ausschuss behandelte und wir achtlos beiseite geschoben wurden.

Eden allein würde sich nicht verändern. Stattdessen würde es uns ein neues Heilmittel nach dem anderen in die Hand drücken und von uns erwarten, dass wir es dankbar schlucken würden. Dass die meisten von uns lediglich einen Platz in Edens Mitte haben wollten und mit sich selbst völlig im Reinen waren, schien niemanden zu interessieren.

Ich starrte auf die Schnipsel zwischen meinen Füßen und schüttelte den Kopf. So formuliert klang das schon beinahe wieder wie etwas, was Eden von einer zynischen Schlange erwarten würde: Verbittert, heimtückisch, bösartig. Das entsprach zwar nicht meiner Wirklichkeit, aber so war es nun einmal, wie Eden mich vermutlich wahrnehmen würde. Vielleicht war es aber genau das, was ich ändern konnte. Ihre Wahrnehmung.

Ich stand auf und öffnete meinen Wandschrank. Sofort starrte mir über die Reihen leerer Leinwände hinweg das Gesicht einer Frau entgegen. Sie war jung, vielleicht Anfang zwanzig, dunkelhaarig, Iris-Heterochromie, das eine Auge moosig-blau, das andere schlammgrün. Ihre Haut strahlte einen leicht talgigen Glanz aus und wurde nur durch mehrere kleine Pickel aufgelockert. Sie war eine Schlange, wie sie im Buche stand, und lächelte mich nichtsdestotrotz freudestrahlend an. Ich war ausgesprochen Stolz auf sie.

Vorsichtig löste ich das Gemälde aus seiner Halterung und zog es aus dem Schrank heraus. Auch wenn es mir schwerfiel, das Gemälde direktem Sonnenlicht auszusetzen und zu riskieren, dass es unterwegs beschädigt wurde, dürfte es das Risiko wert sein. Eden brauchte dringend eine neue Gioconda, doch dieses Mal würde sie die Augen einer Schlange tragen.

Anmerkungen und Erklärungen

Das Mädchen mit den Schlangenaugen mag vieles sein, aber verrückt ist sie auf keinen Fall. Dennoch dürfte sie bei den meisten Leserinnen und Leser insbesondere am Anfang einen seltsamen Eindruck erwecken und nur die wenigsten werden wahrscheinlich in der Lage sein, ihren Gedankengängen und Ideen zu folgen. Alle anderen können bei Interesse auf die folgenden Anmerkungen, Stichpunkte und Erklärungen zurückgreifen – oder das Buch einfach genervt gegen die nächste Wand schleudern.

Seite 8 FourTee Corporation
Der Name der *FourTee Corporation* ist eine Anspielung auf die heute als „Aktion T4" bekannten Krankenmorde der Nationalsozialisten aus den frühen 1940er Jahren, bei denen systematisch Menschen mit körperlichen, geistigen und seelischen Behinderungen ermordet wurden. „T4" wurde vermutlich in erster Linie deswegen eingestellt, weil das daran beteiligte Personal für den Holocaust benötigt wurde. Bis 1945 starben durch „T4" über 200.000 Menschen. Der dahinterstehende Gedanke findet sich jedoch bis heute erschreckend oft in eigentlich unterhaltsamer Belletristik wieder.

Seite 8 Panacea 14f13 Karellen
Der Name des Heilmittels setzt sich aus drei voneinander unabhängigen Bestandteilen zusammen. Während „Panacea" nichts anderes als das lateinische Wort für Heilmittel darstellt, bezieht sich die Ziffernfolge auf eine Weiterführung der „Aktion T4", bei der die Opfer entsprechend ihrer Arbeitsfähigkeit ermordet wurden. Karellen wiederum spielt auf Arthur C. Clarkes Roman *Childhood's End* an und ist dort

der Name des obersten Stellvertreters einer wohlwollenden Alien-Zivilisation, der die Kinder der Menschheit auf ihrem Weg zur nächsten Evolutionsstufe begleitet.

Seite 9 Pischon
Einer der vier biblischen Flüsse, die ihren Ursprung im Garten Eden haben sollen. Heutzutage sind in erster Linie noch Euphrat und Tigris bekannt.

Seite 12 Recupera Invalidorum Perfectio
Der Wahlspruch der *FourTee Corporation*. Frei übersetzt bedeutet er in etwa so viel wie „Stelle die Vollkommenheit der Versehrten wieder her". Das Kürzel des Spruchs entspricht dabei der gängigen Abkürzung R.I.P. für „Requiescat in Pace" – „Ruhe in Frieden".

Seite 13 Carina
Carina spielt auf Arthur C. Clarkes Roman *Childhood's End* an und ist der Name der Sternenkonstellation, in der sich Karellens Heimatwelt befindet.

Seite 13 70.273
Die von Carina vorgebrachten Erfolge des Heilmittels entsprechen den Opferzahlen der Aktion T4. Die aufgeschlüsselten Einzelerfolge besitzen jedoch keinen Bezug zu spezifischen Behinderungen, sondern lassen sich den einzelnen Tötungsanstalten der Nationalsozialisten zuweisen.

Seite 18 Baselitz
Eine Anspielung auf Hans-Georg Baselitz (1938), einen deutschen Künstler, der dafür bekannt ist, dass er seine Gemälde entgegen der gängigen Konventionen kopfüber aufhängen lässt.

Anmerkungen und Erklärungen

Seite 19 Der Fuchs und die Trauben
Eine Anspielung auf Aesops Fabel *Der Fuchs und die Trauben.*
In der Geschichte bemüht sich ein Fuchs vergeblich, Trauben
von einem Weinstock zu naschen. Um seine Unfähigkeit, an
die Trauben zu gelangen, zu kaschieren, behauptet er, dass
ihm die Trauben noch nicht reif genug seien.

Seite 21 Warum haben wir eigentlich nicht mehr Beine?
Ein kritischer Gedanke des Mädchens über den Wert
vermeintlich inklusiver Angebote, die eher auf die
Bedürfnisse von Leuten hin ausgerichtet sind, die sie gar
nicht nötig haben, oder die so halbherzig umgesetzt werden,
sodass sie ihren Nutzen von vornherein einbüßen. Die Frage
nach den zusätzlichen Beinen unterstreicht dabei vermutlich
noch einmal den Unsinn solcher Angebote.

Seite 24 Blaue Plastikblume
Die „Blaue Blume" ist ein wiederkehrendes Motiv der
Romantik (19. Jahrhundert) und wird gemeinhin mit
Sehnsucht und Liebe in Verbindung gebracht. Damit teilt sie
sich ihren Symbolwert zusammen mit Rosen und Äpfeln.
Eine blaue Rose in einen Apfel zu stecken, stellt dabei eine
Weiterführung des dahinterstehenden Gedankens dar.

Seite 27 Elephants in your belfry
Ein mehrdeutiger Witz, der außerhalb des Englischen nicht
funktioniert. Wörtlich bedeutet er in etwa: „Woran merkst du,
dass du Mäuse im Keller hast? Weil Elefanten in deinem
Glockenturm/Dachstuhl sind." Der Witz spielt auf die
Redewendung „I've got bats in my belfry" an und lässt sich
sinngemäß mit „Ich habe nicht mehr alle Tassen im Schrank"
übertragen.

160

Seite 27 Monthly Python
Anspielung auf die britische Komikergruppe *Monty Python* (1969-1974).

Seite 29 Eine kluge Frau
Eine Anspielung auf Peter Stamms Novelle *Agnes* (1998). Gemeint ist die gleichnamige Titelheldin, die dem namenlosen Ich-Erzähler erklärt, dass man Glück mit Punkten und Unglück mit Strichen malt. Agnes ist autistisch kodiert, wird innerhalb ihrer Geschichte aber nie damit in Verbindung gebracht.

Seite 29 Die Wand mit den Löchern
Eine Arbeitsmethode namens entopische Graphomanie, die in erster Linie von Künstlern praktiziert wird, die sich auf Traditionen des Surrealismus stützen. Dabei werden zufällig wahrgenommene Punkte auf einer Oberfläche markiert und mit Linien untereinander verbunden. Das daraus entstandene Bild sollte die Fantasie des Künstlers beflügeln, ist selbst jedoch nicht als Kunstwerk zu verstehen.

Seite 34 Taschenlampe
Eine postmoderne Form der Kunstinterpretation, bei der nicht das Kunstwerk als solches, sondern der Akt des Sehens selbst im Zentrum steht. Durch die Beschränkung auf einen Teilaspekt des Werks passt sich dessen Interpretation stärker den Erfahrungswerten des Betrachters an, sodass unterschiedliche Betrachter unterschiedliche Erfahrungen mit dem Werk machen können. Die Wahrnehmung des Werks wird dadurch individualisiert. Bei Unverständnis dieser Praxis kann das Gleichnis *Die blinden Männer und der Elefant* helfen, den dahinterstehenden Gedanken zu verstehen.

Anmerkungen und Erklärungen

Seite 35 La tendre indifférence de la monde reptile
Anspielung auf Albert Camus Novelle *L'Étranger* (1942).

Seite 36 L'ocelot che brucia
Anspielung auf Salvador Dalis Gemälde *Die brennende Giraffe*. Dali hielt sich darüber hinaus einen zahmen Ozelot namens Babou als Haustier. Das Motiv der brennenden Giraffe selbst beschrieb er einmal als *„the masculine cosmic apocalyptic monster"*.

Seite 37 Tu es une pipe
Anspielung auf René Magrittes Gemälde *Der Verrat der Bilder*, in dem das Abbild einer Pfeife mit dem Satz versehen wurde „Das ist keine Pfeife". In der deutschen Umgangssprache bezeichnet die Pfeife darüber hinaus sowohl einen Versager als auch das männliche Glied.

Seite 38 Der Mann mit der gläsernen Koralle
Anspielung auf George Orwells Roman *1984* (1948). Der Protagonist Winston Smith kauft sich zu Beginn der Geschichte in einem Antiquariat eine in Glas eingefasste Koralle.

Seite 39 Hjalmar
Anspielung auf den Schriftsteller und Pionier der Wandervogel-Bewegung Hjalmar Kutzleb. Das von dem Mädchen verfasste Gedicht basiert auf einem Auszug aus seinem Wanderlied *Wir wollen zu Land ausfahren*. Kutzleb gilt heute insbesondere wegen antisemitischer Positionen als umstritten.

Seite 42 Der Taschenspiegel
Ein Spiel des Mädchens mit John Bergers Konzept des Male Gaze. Bergers Ansicht nach bestand die Hauptfunktion von

weiblichen (Akt-)Portraits darin, Männern zu gefallen und ihnen ein Gefühl von Macht über die dargestellten Frauenkörper zu verleihen. Der Blick der Figuren aus dem Bild heraus sollte den männlichen Betrachtern signalisieren, dass die Frauen in den Bildern sich ausschließlich für sie auszogen und ihnen somit zur Verfügung stünden. Das Mädchen kehrt mit ihrem Spiegel das Verhältnis herum und betrachtet den Ich-Erzähler dabei, wie er sie betrachtet und führt ihn damit mit seinem eigenen Verhalten vor. Da wir als Leser strukturbedingt die Position des Ich-Erzählers teilen, trifft die Kritik auch unser voyeuristisches Interesse an seinen Beschreibungen ihres Körpers.

Seite 50 Set
Anspielung auf die biblische Schöpfungsgeschichte. Set war neben Kain und Abel Adams und Evas dritter namentlich genannter Sohn.

Seite 53 Fehldiagnosen
Die Diagnose insbesondere von Aspergers Form des Autismus leidet unter einem starken Gender Gap. Asperger entwickelte seine Diagnose anhand von verhaltensauffälligen Jungen und verfeinerte sie im Laufe der Jahre durch weitere Beobachtungen an betroffenen Männern. Die dahinterstehende Symptomatik ist daher bis heute überwiegend auf Männer abgestimmt und wird bei Frauen entsprechend selten diagnostiziert. Stattdessen werden Frauen oftmals schwerwiegende Fehldiagnosen wie etwa das Borderline-Syndrom und die damit verbundenen Stigmata aufgebürdet. Erst in den letzten Jahren setzte sich langsam das Bewusstsein durch, dass sich weiblicher Autismus anders manifestieren könnte als sein männliches Gegenbild.

Anmerkungen und Erklärungen

Seite 54 ASS und Aspies

Seit 2022 gilt eine neue Diagnose, die das Autismus-Spektrum nicht mehr in mehrere Spielarten unterteilt, sondern sie unter dem Schlagwort „Autismus Spektrum Störung", kurz: ASS, zusammenfasst. Die sprachliche Nähe des Kürzels zum englischen Wort „ass" (Arsch) scheint dabei nicht bedacht worden zu sein, was in unserer globalisierten Welt nicht vorschnell als irrelevant abgetan werden sollte, insbesondere, da Autisten sich häufig in englischsprachigen Gemeinschaften zusammenschließen. Asperger-Autisten selbst sprechen von sich dagegen oftmals eher von „Aspie" oder „Aussie", auch um sich von schwerwiegenderen (Kanner) oder besonderen (Savant) Spielarten abzugrenzen. Verallgemeinern lassen sich solche Selbstbezeichnungen jedoch nicht.

Die Bezeichnung als Aspie wird inzwischen übrigens auch nicht mehr kritiklos verwendet, da die Forschung in den letzten vier Jahren dem Namensgeber Hans Asperger eine größere Nähe zum Nationalsozialismus nachweisen konnte, als bisher angenommen. Mehrere Dutzend von Aspergers Schützlingen sind nach ihrer Zusammenarbeit mit ihm ermordet worden und es ist bis heute nicht vollkommen klar, inwieweit Asperger davon Kenntnis hatte oder ob er ihren Tod am Ende billigend in Kauf genommen oder gar unterstützt hat. Gesichert ist bislang nur, dass er als herangezogener Experte an der Legitimation der Morde maßgeblich beteiligt gewesen ist – und seine Beurteilungen der Kinder oftmals harscher ausgefallen sind, als die des ausführenden Personals der Tötungsanstalten selbst. Eine alternative Selbstbezeichnung hat sich bisher jedoch noch nicht flächendeckend durchsetzen können.

Seite 56 Trope 'Vorgetäuschte Behinderungen'
Ein wiederkehrendes Motiv in der Darstellung von Menschen mit Behinderungen. Hierbei wird suggeriert, dass ihre Behinderungen nur vorgetäuscht seien und die Betroffenen sie jederzeit bei Bedarf wieder ablegen könnten. Ohne triftigen Grund für die Geschichte wird diese Form der Darstellung häufig als diskriminierend wahrgenommen, da sie die eigene Existenz in Frage stellt.

Seite 56 Trope 'Tod eines behinderten Menschen'
Ein wiederkehrendes Motiv in der Darstellung von Menschen mit Behinderungen. Hierbei überleben die dargestellten Charaktere ihre eigene Geschichte nicht und ihr Tod wird oftmals in direkten Zusammenhang mit ihrer Behinderung gestellt. Häufig ziehen die überlebenden Figuren daraus auch noch den Schluss, dass der Verstorbene tot glücklicher wäre als lebendig. Die Grenzen zur Euthanasie verlaufen dabei fließend.

Seite 57 Geil wie eine Bergziege/Trope 'Tiermetapher'
Ein wiederkehrendes Motiv in der Darstellung von Menschen mit Behinderungen. Hierbei werden den Charakteren auch die grundlegendsten Bedürfnisse abgesprochen oder ihre Wünsche andernfalls auf das Niveau von instinktgetriebenen Tieren herabgesetzt. Der Fachbegriff hierfür lautet Entmenschlichung.

Seite 59 Trope 'Eures-Gleichen-Mentalität'
Ein wiederkehrendes Motiv in der Darstellung von Menschen mit Behinderungen. Hierbei wird suggeriert, dass 'normale' Menschen und Menschen mit Behinderungen nicht nebeneinander existieren könnten und lieber isoliert voneinander leben sollten. Auf ethnische Zugehörigkeit

übertragen, würde man bei einer solchen Darstellung von Apartheid sprechen.

Seite 61 Das Lächeln der Totengräber
Vermutlich die häufigste Form von Alltagsdiskriminierung. Kommen Menschen mit einer bekannten oder deutlich sichtbaren Behinderung in Kontakt mit ‚normalen‘ Menschen, setzen letztere automatisch ein künstliches Lächeln auf. Auch wenn vermutlich ein Ausdruck der eigenen Unbeholfenheit dahinterstecken mag, empfinden Menschen mit Behinderung das oftmals als eine Zumutung, da es allzu leicht bevormundend und herablassend wirken kann.

Seite 62 Mitleid
‚Normale‘ Menschen neigen dazu, Menschen mit Behinderungen automatisch zu bemitleiden. Dies äußert sich für gewöhnlich in übertriebener Freundlichkeit und Verhaltensweisen, die man ‚normalen‘ Menschen gegenüber nicht an den Tag legen würde. Eine solche Sonderbehandlung wird von den Betroffenen aber oftmals als Beleidigung aufgefasst, da ihnen dadurch abgesprochen wird, einen normalen Umgang mit anderen pflegen zu können. Im englischsprachigen Raum verbreitet sich seit einigen Jahren daher die Bewegung „Piss on Pity“ (sinngemäß: Scheiß auf Mitleid), die sich explizit gegen das gezielte Erwecken von Mitleid in der Darstellung von Behinderungen wendet.

Seite 63 Trope ‚Gefühllosigkeit‘
Ein wiederkehrendes Motiv in der Darstellung von Menschen mit Behinderungen. Hierbei wird suggeriert, dass Menschen mit Behinderung im Gegensatz zu ‚normalen‘ Menschen keine tieferen Gefühle entwickeln könnten. Besonders Autisten werden häufig als gefühllos dargestellt.

Seite 64 Trope ‚Asexualität'

Ein wiederkehrendes Motiv in der Darstellung von Menschen mit Behinderungen. Hierbei wird suggeriert, dass Menschen mit Behinderungen keine eigene Sexualität besitzen würden und daher auch kein Liebesleben bräuchten. Im Gegensatz dazu neigen aber insbesondere Autisten dazu, gängige Moralvorstellungen zu hinterfragen und definieren sich überdurchschnittlich häufig als homosexuell oder transgender. Asexualität dagegen scheint zumindest unter Autisten nur geringfügig häufiger vorzukommen, als unter der Durchschnittsbevölkerung.

Seite 64 Rah's Logik des Irrationalen

Eine Anspielung auf den Science-Fiction-Autor Robert A. Heinlein (R.A.H.). Heinlein war ein früher Pionier auf dem Gebiet inklusiven Schreibens und hat sich um eine progressive Repräsentation seiner Figuren bemüht. Die *Logik des Irrationalen* ist jedoch ein fiktives Werk und besitzt keine direkte Verbindung zu Heinlein, basiert aber im Großen und Ganzen auf seiner Philosophie. Das Zitat „Die beste Literatur wird mit den Keimdrüsen geschrieben" entstammt seinem Roman *The Cat Who Walks Through Walls* (1985).

Seite 66 Trope ‚Der (Weiße) Männliche Messias'

Ein wiederkehrendes Motiv in der Darstellung von Frauen und Menschen mit Behinderungen. Hierbei werden die Figuren als hilflos dargestellt und warten für gewöhnlich darauf, dass ihre Probleme von einem (meist weißen) Mann gelöst werden.

Seite 68 Das Grenelle

Anspielung auf die Rue de la Grenelle in Paris. Dort befand sich in den 1920er Jahren der Sitz der Surrealisten-Gruppe um den Künstler André Breton und war Erscheinungsort der Zeitschrift *La Révolution Surréaliste*.

Seite 69 Le soleil avien se lève sur la ruine du Guernica
Anspielung auf den Spanischen Bürgerkrieg. Frei übersetzt bedeutet der Satz in etwa „Wieder einmal erhebt sich die Vogelsonne über der Ruine von Guernica". Gemeint ist damit der Angriff der deutschen Luftwaffe durch die *Legion Condor* auf die baskische Stadt Guernica im Jahr 1937. Der Angriff gilt heute gemeinhin als Probelauf für den zweiten Weltkrieg. Im gleichen Jahr verarbeitete Pablo Picasso den Angriff in seinem nach der Stadt benannten Gemälde. Inwieweit der Satz mit dem Mädchen in Verbindung steht, bleibt der Interpretation der Leserinnen und Lesern überlassen.

Seite 69 Le Radeau
Anspielung auf das Gemälde *Le Radeau de la Méduse* (Das Floß der Medusa) von Théodore Géricault (1819). Nach dem Schiffbruch der Medusa vor der afrikanischen Westküste wurde die einfache Schiffsbesatzung zurückgelassen, während sich die Offiziere mit den Rettungsbooten ans Ufer flüchteten. Die zurückgelassenen zimmerten sich aus den Überresten des Schiffs ein behelfsmäßiges Floß zusammen und trieben damit über zwei Wochen lang hilflos auf dem Atlantik herum. Von den 149 Menschen an Bord überlebten nur 10, darunter der zweite Sanitätsoffizier Henri Savigny, und auch das nur, weil diese die Leichen der Verstorbenen aßen. Die anschließende Gerichtsverhandlung löste einen landesweiten Skandal aus.

Seite 72 TikTok
Eine der Schlangen im *Grenelle*. Der Beschreibung des Ich-Erzählers nach zu urteilen, scheint TikTok Anhänger des

Clock-Punk zu sein, einer Untergattung des Cyberpunk, bei dem Uhrwerksmechanismen ein hoher ästhetischer Wert zugemessen wird. Ob er darüber hinaus eine Form von Behinderung aufweist oder ob er nur aufgrund seines Interesses als Schlange gilt, wird aus der kurzen Beschreibung nicht ersichtlich.

Seite 73 Don't be a cunt, Mister, oder war es Irene?
Anspielung auf Louis Aragons Erotik-Novelle *Irene's Cunt* (1928). Anders als der Titel es vermuten lässt, war Aragon ein respektierter Dichter und wurde mehrfach für den Nobelpreis nominiert. In seiner Jugend gehörte er zu den führenden Stimmen der aufstrebenden Surrealisten und gründete zusammen mit André Breton ein Literaturmagazin, das später durch Bretons *La Révolution Surréaliste* abgelöst wurde.

Seite 73 Hund
Adaption einer Beschreibung von René Magritte über die illusorische Bedeutung von Bildern und Worten. Seiner Ansicht nach besäßen Wörter und Bilder keinen höheren Wert als ihre symbolische Repräsentation und stellen damit lediglich eine Form von Illusion dar.

Seite 75 Die Realität und das Kuckucksei
Variation eines Zitats von André Breton über René Magritte.

Seite 80 Trope 'Tod einer behinderten Identität'
Ein wiederkehrendes Motiv in der Darstellung von Menschen mit Behinderungen. Hierbei wird nicht der Körper eines Menschen mit Behinderung zerstört, sondern dessen Behinderung selbst. Die 'Heilung' der Betroffenen wird dabei für gewöhnlich als eine zweifelsfrei gute Tat dargestellt, für

die es keine Alternative gibt. Dabei handelt es sich jedoch um eine subtilere Form des Tropes ‚Tod eines behinderten Menschen' und basiert wie dieser auf der Vorstellung, dass ein Leben mit einer Behinderung schlimmer sei als der Tod. Diese Darstellung wird oft als besonders diskriminierend empfunden, weil sie Betroffenen das Recht auf ihre eigene Existenz abspricht.

Seite 82 Hook, line and sinker
Eine englische Redewendung. Sie bedeutet frei übersetzt in etwa so viel wie „Erwischt".

Seite 84 Trope ‚Unvollständige Behinderung'
Ein wiederkehrendes Motiv in der Darstellung von Menschen mit Behinderungen. Hierbei wird suggeriert, dass Menschen mit Behinderung eigentlich gar nicht eingeschränkt sind, sondern lediglich Aufmerksamkeit erheischen wollen.

Seite 86 Schmerzmittel für den Rücken
Viele Menschen mit Behinderung leiden nicht unter ihrer eigentlichen Behinderung, sondern unter damit verknüpften Begleiterscheinungen, die von Außenstehenden nicht beachtet werden, wie etwa einem chronisch schmerzenden Rücken oder schlecht durchbluteten Gliedmaßen. In der (literarischen) Öffentlichkeit scheint es noch immer kein Bewusstsein dafür zu geben.

Seite 95 Sex folgt einem tragischen und schönen Muster
Ein Zitat aus Robert A. Heinleins Roman *A Stranger in a Strange Land* (1961).

Seite 95 Where the rock's nakedness
Ein Zitat aus Louis Aragons Erotik-Novelle *Irene's Cunt* (1928).

Seite 100 Quentin Massys Herzogin
Anspielung auf Quentin Massys Portrait *Die hässliche Herzogin* (1513). Das Gemälde ist auch unter dem Titel *Portrait einer grotesken alten Frau* bekannt und für seine ungewöhnlich unrühmliche Darstellung der porträtierten Frau berüchtigt.

Seite 100 Kleopatra
Königin des ptolemäischen Ägyptens und Geliebte Mark Antons. Einer Legende nach soll Kleopatra sich nach Marks Niederlage gegen Octavian selbst umgebracht haben, indem sie sich von einer Giftschlange („Aspis") beißen ließ, um der Erniedrigung einer Gefangennahme zu entgehen. Die Geschichtsforschung zweifelt diese Überlieferung ihres Todes inzwischen an und hält sie für einen Mythos.

Seite 100 Eva
Der christlichen Überlieferung nach die erste Frau der Schöpfung. Das erste Buch Mose erzählt, wie Eva sich durch die Einflüsterung einer Schlange dazu verführen ließ, gegen Gottes Gebot zu verstoßen und vom Baum der Erkenntnis zu essen. Zur Strafe wurden sie und Adam aus dem Garten Eden vertrieben.

Seite 101 Gioconda
Anspielung auf Leonardo Da Vincis Mona Lisa (*La Gioconda*).

Seite 106 Nacktheit
Eine Anspielung auf den englischen Diskurs über die Bedeutung von Nacktheit in der Kunstgeschichte. Im Gegensatz zum Deutschen unterscheidet das Englische zwischen Nacktheit („nakedness") und Nacktheit/Akt („nudity"). Während ersteres in erster Linie einen

unbekleideten Körper bezeichnet, verweist letzteres auf die sexuelle Komponente, die den allermeisten europäischen Nacktdarstellungen zugrunde liegt. Eine entsprechende Unterscheidung scheint übrigens ausschließlich auf europäische Kunst anwendbar zu sein, da außereuropäische Kulturen zumindest in vorkolonialen Zeiten ein offeneres Verhältnis zur Nacktheit ausgebildet hatten.

Seite 108 Pity Character
Ein Figurentypus, der die Betrachter Mitleid mit der Figur empfinden lassen soll, ansonsten aber keine größere Funktion innerhalb der Geschichte erfüllt.

Seite 109 Sechster Gesang, dritte Strophe
Anspielung auf Lautréamonts unvollendetes Werk *Die Gesänge des Maldoror* (1869). Wird auf die dritte Strophe des sechsten Gesangs verwiesen, bezieht der Sprecher sich für gewöhnlich auf den Satz „Er ist schön […] wie die unvermutete Begegnung einer Nähmaschine und eines Regenschirms auf einem Seziertisch!". Insbesondere surrealistische Künstler betrachten diesen Satz als Geburtsstunde des Surrealismus und verweisen entsprechend häufig auf diese Textstelle.

Seite 115 Blau und Gold
Anspielung auf die beiden Hauptströmungen der Behindertenrechtsbewegung innerhalb des autistischen Spektrums. Während das Möbiusband als generelles Symbol für Autismus anerkannt ist, grenzen sich die beiden zentralen Strömungen durch farbliche Kodierung voneinander ab. Das blaue Band steht dabei für die traditionelle Sichtweise, nach der Autismus eine schwerwiegende Störung darstellt, die behandelt und geheilt werden müsste. Das goldene Band

dagegen kritisiert diese Sichtweise als behindertenfeindlich und setzt sich stattdessen für eine stärkere Inklusion der Betroffenen in die Gesellschaft ein („Autistic Pride"). Im Umkehrschluss kritisieren Anhänger des blauen Bands diese Position wiederum und verweisen darauf, dass dadurch die Heilung schwererer Fälle unmöglich gemacht werde. Diese Position wir jedoch in erster Linie von Angehörigen und Außenstehenden vertreten, nicht von Autisten selbst.

Seite 118 Kopierte Erwartungen
Autisten neigen mitunter dazu, die Verhaltensweisen und Sprache ihrer Umgebung eher zu kopieren als sie wie andere zu adaptieren. Stichelnde Spitznamen wie „Papagei" oder „Kassettenrekorder" sind dabei keine Seltenheit.

Seite 121 Schweigen
Die Darstellung von Liebesszenen folgt oftmals sexistischen Narrativen, insbesondere wenn sie aus der Sicht eines Mannes erzählt oder gefilmt werden. Unabhängig von der Art der Erzählung nehmen wir Leser dabei immer die Position von Voyeuren ein und drängen die Romanfiguren dabei oftmals in die Rolle von sexualisierten Objekten. Das Mädchen ist sich dieses Zusammenhangs offensichtlich bewusst und spielt durch das aufgezwungene Schweigen des Ich-Erzählers mit einer Möglichkeit, sich vor sexistischen Beschreibungen zu verbergen und zwingt den Ich-Erzähler dadurch indirekt, sie als Menschen wahrzunehmen.

Seite 132 Yorick
Anspielung auf William Shakespeares Theaterstück *Hamlet* (um 1600). Yorick war der frühere Hofnarr des Königs von Dänemark und eine Vaterfigur für den Titelhelden Hamlet. Im Stück selbst erscheint lediglich sein Totenschädel.

Anmerkungen und Erklärungen

Seite 133 Trope ‚Unvollkommenheit'
Ein wiederkehrendes Motiv in der Darstellung von Menschen mit Behinderungen. Hierbei wird suggeriert, dass Menschen mit Behinderung kein erfülltes und damit vollständiges Leben führen könnten. Oftmals folgt dieses Narrativ der Erzählung, dass nur eine Heilung der Behinderung die Betroffenen glücklich werden lassen könnte.

Seite 142 Wessen Glück?
Anspielung auf die Eingangsfrage des Mädchens, bei der sie wissen wollte, wer eigentlich durch die Heilung von Behinderungen glücklich werden soll.

Seite 145 Eine von Algernons Blumen
Anspielung auf Daniel Keynes Roman *Flowers for Algernon* (1966). Der Titel bezieht sich auf die Blumen, die der geistig behinderte Charlie Gordon auf das Grab der mit ihm befreundeten Labormaus Algernon legen lässt.

Seite 152 Prometheus
Anspielung auf Mary Shelleys Roman *Frankenstein or the Modern Prometheus* (1818). Der Name Prometheus bezieht sich dabei auf Frankensteins zum Leben erwecktes Geschöpf, das heute vor allem unter dem irreführenden Namen „Frankensteins Monster" bekannt ist. Prometheus ist von Shelley unwissentlich als seelisch behindert kodiert worden und ertränkt sich gegen Ende des Romans, weil ihm durch sein entstelltes Äußeres der Zugang zur menschlichen Gesellschaft verwehrt wird.

Seite 153 Charlie Gordon
Anspielung auf Daniel Keynes Roman *Flowers for Algernon* (1966). Charlie Gordon ist der geistig behinderte Titelheld des

Romans und wird wie die Labormaus Algernon einem intelligenzsteigernden Experiment unterzogen. Auch wenn Gordons Schicksal offen bleibt, wird angedeutet, dass sein Schicksal eng mit Algernon verknüpft ist. Zumindest Algernon überlebt die Geschichte nicht.

Seite 153 Severus Snape
Anspielung auf J.K.Rowlings Romanreihe *Harry Potter* (1997). Auch wenn Snape in den Romanen nicht als behindert beschrieben wird, glauben viele Fans, dass er autistisch kodiert worden ist. Er starb im siebten Band durch Voldemorts Hausschlange Nagini. Von den hier genannten Beispielen scheint er die einzige Figur zu sein, die einen guten Grund besitzt, ihre Geschichte nicht zu überleben.

Seite 154 Dr. Richard Ames
Anspielung auf Robert A. Heinleins Roman *The Cat Who Walks Through Walls* (1985). Dr. Richard Ames besitzt wegen einer Kriegsverletzung ein künstliches Bein. Dieses wird in einer unfreiwilligen Operation jedoch durch eine Organspende ausgetauscht, damit Ames an einer paramilitärischen Operation teilnehmen kann. Es wird angedeutet, dass weder Ames noch die titelgebende Katze diesen Einsatz überleben.

Seite 154 Gwynplaine
Anspielung auf Victor Hugos Roman *L'Homme qui rit* (1869). Gwynplaine wurde als Kind von einer Räuberbande entführt und künstlich entstellt, um ihm seinen Anspruch auf das Erbe seiner Eltern zu nehmen. Seine Jugend verbringt er bei Ursus und Homo, einem Wanderschausteller und seinem zahmen Wolf, sowie seiner blinden Adoptivschwester Dea. Weder Dea noch Gwynplaine überleben die Geschichte.

Anmerkungen und Erklärungen

Seite 154 Lennie Small

Anspielung auf John Steinbecks Novelle *Of Mice and Man* (1937). Lennie Small ist ein geistig behinderter Hühne mit einer Vorliebe für weiche Oberflächen, der aber seine eigene Kraft nicht einschätzen kann. Als er versehentlich beim Versuch, die Haare einer Frau zu streicheln, ihr das Genick bricht, wird er von seinem Freund George Milton erschossen.

Seite 154 Martin & Joe

Anspielung auf Paul Cleaves Roman *The Cleaner* (2006). Martin ist der geistig behinderte Bruder der Nebenfigur Sally gewesen und starb bei einem Autounfall, für den Sally sich seither verantwortlich fühlt. Aufgrund ihrer Schuldgefühle bindet sie sich zunehmend an ihren Arbeitskollegen Joe Middleton, der augenscheinlich selbst an einer geistigen Behinderung leidet. Joe täuscht seine Behinderung jedoch nur vor, um seine Identität als „Schlächter von Christchurch", Neuseelands Frauen vergewaltigenden Serienmörder, zu verschleiern. Nach seiner Enttarnung am Ende der Geschichte versucht Joe sich zu erschießen, wird durch Sallys spontanes Eingreifen jedoch daran gehindert.

Seite 154 Valentine Michael Smith

Anspielung auf Robert A. Heinleins Roman *Stranger in a Strange Land* (1961). Valentine Michael Smith war das einzige überlebende Kind der ersten bemannten Mars-Mission und wurde nach deren Scheitern von Marsianern aufgezogen. Nach seiner Ankunft auf der Erde fällt es ihm schwer, die vorherrschende Kultur zu verstehen. Smith wird am Ende des Romans von einem wütenden Mob in Stücke gerissen und von seinen Freunden in Form einer ritualisierten Beerdigung als fleischige Brühe verspeist.

Seite 155 Carietta White
Anspielung auf Stephen Kings Roman *Carrie* (1974). Carrie White ist ein Mobbingopfer mit telekinetischen Fähigkeiten. Als während des Abschlussballs ein Eimer Schweineblut über ihr ausgeschüttet und ihr Begleiter versehentlich durch denselben Eimer erschlagen wird, beginnt sie einen Amoklauf durch die Stadt. Am Ende stirbt sie durch eine Stichwunde, die ihr ihre fanatische Mutter zugefügt hat.

Seite 155 Timothy ‚Tiny Tim' Cratchit
Anspielung auf Charles Dickens Novelle *A Christmas Carol* (1843). Tiny Tim ist ein Symbolcharakter und leidet an einer nicht näher bestimmten Krankheit, die tödlich verlaufen wird, sollte der Titelheld Ebenezer Scrooge nicht sein Verhalten ändern. Tim überlebt die Geschichte zwar, jedoch verwendet Dickens seine krankheitsbedingte Behinderung als bloßen Motivationsgrund für seinen Titelhelden. Tim selbst spielt in der Geschichte keine Rolle.

Seite 155 Randle Patrick McMurphy
Anspielung auf Ken Keseys Roman *One Flew Over the Cuckoo's Nest* (1962). Randle Patrick McMurhpy wird im Zuge einer Gefängnisstrafe in eine psychiatrische Anstalt eingewiesen, wo er sich gegen das autoritäre Regime der Oberschwester auflehnt. Nach einem provozierenden Fischereiausflug und gescheiterten Ausbruchsversuch der Insassen lässt die Schwester eine Zwangslobotomie an ihm vornehmen. Bromden, der Titelheld und engster Freund McMurphys, erstickt ihn anschließend mit einem Kissen.

Seite 155 Beren, Barahirs Sohn
Anspielung auf J.R.R. Tolkiens Sammelband *The Silmarillion* (1978). In der Kurzgeschichte *Beren und Lúthien* erzählt

Anmerkungen und Erklärungen

Tolkien, wie Beren zusammen mit seiner Geliebten Lúthien einen der begehrten Silmaril von Morgoth zurückerobern konnte. Während ihrer Flucht nach Doriath wird Beren von Morgoths Wolf Carcharoth jedoch die Hand abgebissen. Beren überlebt die Verletzung zwar, doch wurde er wenig später von Carcharoth getötet.

Seite 155 Agnes
Anspielung auf Peter Stamms Novelle *Agnes* (1998). Agnes und der namenlose Ich-Erzähler beginnen eine Beziehung und schreiben gemeinsam eine Geschichte über sich. Nach kurzer Zeit überholt ihre Geschichte jedoch ihre Beziehung und sie beginnen, die geschriebenen Szenen nachzuspielen. Gegen Ende des Romans verändert der Ich-Erzähler heimlich ihre Geschichte und lässt Agnes im Schnee erfrieren, um ein spannenderes Ende zu erhalten. Agnes erfährt davon und verschwindet daraufhin spurlos, ohne dass ersichtlich wird, ob sie den Erzähler verlässt oder sein Ende nachstellt. Sie selbst wird zwar nicht als behindert beschrieben, ist aber deutlich als autistisch kodiert.

Seite 156 Irene
Anspielung auf Feivel Veys Novelle *Eden* (2023). Irene ist das geheilte Alter Ego einer namenlosen Asperger-Autistin (ASS). Nach dem Verlust ihrer autistischen Identität war es ihr nicht möglich, sich ein neues Leben aufzubauen, da gerade ihre Heilung es ihr ermöglicht hat, zu erkennen, was sie erst verlieren musste, um zu dem zu werden, was sie nun war. Auch wenn ihr Schicksal offen geblieben ist, liegt der Verdacht nahe, dass sie sich in ihrer Wohnung erhängt hat.

Leseprobe

Sie wollen mehr Bücher von Feivel Veys lesen? Wie wäre es dann mit einem Jagdausflug der besonderen Art?

Ein Fuchs, ein Kranich und ein Jäger – es könnte alles so einfach sein. Doch wenn die Tiere sich zusammenschließen, die Jäger Jagd auf ihresgleichen machen und die Zuschauer das erste Blut geleckt haben, verliert sich die alte Gewissheit, wer der wirkliche Jäger ist… und wer seine ahnungslose Beute.

 *Hunter's Edge*

139Pkt.

»Es gibt Stunden im Leben, da der Mensch mit verlaustem Haar starren Auges Raubtierblicke auf die grünen Membranen des Raumes wirft; denn ihm ist, als höre er vor sich das Hohngelächter eines Gespenstes. Er schwankt und beugt das Haupt: was er gehört hat, ist die Stimme des Gewissens. Und während er eine verstohlene Träne des Erbarmens trocknet, die aus seinem eisigen Augenlied fließt, ruft er:

‚Gewiß, sie verdient es; und es ist nur Gerechtigkeit.‘

Nachdem er dies gesagt hat, wird seine Haltung wieder ungesellig und er betrachtet weiter, nervös zitternd die Menschenjagd und die großen Lippen der Schattenscheide, aus der unaufhörlich, gleich dem Strom, ungeheure, lichtscheue Samentierchen quillen, die sich in den grausigen Äther emporschwingen–«

Ein blecherner Pfeifton drang aus meinem Ohrstecker und ich klappte das Buch in meinem Schoß wieder zu. Die Werbepause neigte sich langsam dem Ende zu und ich musste mich wieder in Bewegung setzen. Ohne einen weiteren Gedanken zu verschwenden, richtete ich mich auf, steckte das Buch zurück in die Tasche und wandte mich an die Kamera.

»Ich weiß, es ist eine etwas seltsame Geschichte und man braucht bisweilen einen starken Magen für sie. Aber wenn man sich erst einmal in sie hineingelesen hat und anfängt, sie auf einem künstlerischen Niveau zu begreifen, kann sie wirklich herzerwärmend sein. Leider ist unsere Zeit schon wieder abgelaufen, aber vielleicht finden wir später noch eine weitere Gelegenheit, sodass ich euch mehr über sie erzählen kann. Bis dahin geht es aber erst einmal mit unserem üblichen Programm weiter. Komm, Fido. Bei Fuß!«

Ich klopfte demonstrativ gegen meinen Oberschenkel und nickte Fido auffordernd zu, während ich auf den zweiten Pfeifton wartete, der das tatsächliche Ende der Werbepause markierte. Fido war ohne jeden Zweifel der beste Freund des Mannes und gehorchte jedem meiner Befehle aufs Wort. Er war treu, anhänglich und ich war mir sicher, dass er mich freudestrahlend anhecheln und dabei kräftig mit dem Schwanz wedeln würde, wenn er dazu in der Lage gewesen wäre. Doch leider war Fido nun mal kein Hund und besaß daher auch keinen Schwanz, mit dem er hätte wedeln können. Stattdessen starrte er mich mit seinem glasigen Auge erwartungsvoll an.

Der zweite Pfeifton durchbrach die Stille und ich räusperte mich rasch in seinem akustischen Schatten.

»Willkommen zurück bei *Hunter's Edge – The Wildlife Channel*. Für diejenigen von euch, die sich in der Zwischenzeit mit unseren Sponsoren vertraut gemacht haben, noch einmal zur Erinnerung: Wenn ihr unser volles Programm abonniert, erhaltet ihr nicht nur Zugang zu unseren werbefreien off-screen Inhalten, sondern könnt euch auch kostenlos für einen der beiden Gastplätze für die nächste Folge registrieren. Der Gewinner wird ausgelost, jeder erhält also eine faire Chance. Und nun: Waidmannsheil!«

Ich löste mich von der Kamera und lief über das offene Feld in Richtung der Waldkante, die sich wie ein dunkler Schatten am Horizont entlangschlängelte. Diese Werbeansagen hatte ich noch nie ausstehen können, doch waren sie leider ein notwendiges Übel. Selbst ein interkontinentaler Medienerfolg wie *Hunter's Edge* war noch immer auf externe Werbeeinnahmen angewiesen, um seine Produktionskosten decken zu können. Unsere Einnahmen aus Aboverträgen, das dazugehörige Merchandising, die exklusiv verhandelten Einladungen zu den offiziellen Jagdpartys unter unseren Abonnenten und der öffentlich versteigerte zweite Platz für einen Gastauftritt in der nächsten Folge konnten zwar bereits einen beträchtlichen Teil der regulären Kosten decken, doch fehlte am Ende des Monats noch immer eine beachtliche Summe, um die hohen Ausgaben der Sendung vollständig begleichen zu können. Zusätzliche Werbeverträge waren damit leider unvermeidbar.

Bei einer näheren Betrachtung war das aber auch kein Wunder. *Hunter's Edge* zog wirklich alle Register, wenn es um innovative Formen der Unterhaltung ging. Welche andere Fernsehsendung konnte von sich behaupten, einen Jagdbezirk mit einer Fläche von annähernd $250 km^2$ aufzubereiten, vier Mal im Jahr frisches Wild bereitzustellen und das alles auch noch als interaktives Liveereignis zu präsentieren? *Hunter's Edge* hatte mit seinem Aufwand bislang alle Rekorde gebrochen und generierte nicht umsonst die größte mediale Aufmerksamkeit seit der Freischaltung des Internets für die Öffentlichkeit.

Die Sendung selbst folgte dabei einer ebenso schlichten wie traditionellen Prämisse: Eine ausgewählte Gruppe von Jägern sucht und erlegt in Echtzeit sorgsam präparierte Wildtiere in einem eigens dafür ausgewiesenen Areal. Der entscheidende

Unterschied zu vergleichbaren Programmen bestand jedoch darin, dass *Hunter's Edge* mit seinem Konzept eine neue Dimension von Unterhaltung angestoßen hatte und das Jagderlebnis in Norbert Normalzuschauers eigene Wohnung verlagern konnte, indem dieser den Verlauf der Jagd und das Vorgehen der Jäger durch spontane Instantwahlen aktiv beeinflussen durfte.

Fido blieb dabei noch immer das beste Beispiel für diese Entwicklung. Die alten Kamerateams hätten niemals mit einem Jäger auf der Pirsch Schritt halten können und hätten darüber hinaus das Wild schon von weitem auf sich aufmerksam gemacht. Eine ordentliche Jagd wäre unter traditionelleren Umständen unmöglich gewesen und eine entsprechende Reportage hätte auf gestellte Szenen zurückgreifen müssen. Doch durch den gezielten Einsatz frei beweglicher Kameradrohnen wie Fido war es nun möglich, wahlweise einem Jäger oder dem fliehenden Wild auf Schritt und Tritt zu folgen und dabei nicht mehr als ein leises Surren von sich zu geben. All die unzähligen Tontechniker, Wartungsarbeiter und Kameraleute wurden zwar noch immer benötigt -tatsächlich sogar mehr denn je-, doch waren sie inzwischen vom eigentlichen Set verbannt. Das Ergebnis war ein interaktives Erlebnis, das man auf andere Weise nicht produzieren konnte.

Ich selbst war ausgesprochen stolz darauf, an der Sendung teilnehmen zu dürfen. Als direkter Vertreter des Produktionsteams war ich zwar von dem eigentlichen Wettbewerb der Jäger ausgeschlossen, doch sicherte mir genau das einen festen Platz in den Jagdteams als Gradmesser für die Leistung der anderen Teilnehmer, sodass ich mir keine

Sorgen machen musste, durch einen erfolgreicheren Jäger oder gar einen der beiden Gäste ersetzt zu werden. Solange meine Punkte in einem akzeptablen Bereich blieben und die Zuschauer mit meinen Leistungen zufrieden waren, würde auch ich ein integraler Bestandteil der Sendung bleiben.

Tatsächlich erreichte ich trotz meines abgesicherten Status oftmals sogar eine ausgesprochen hohe Punktzahl. Den Rückmeldungen nach zu urteilen, die das Produktionsteam während der Sendung gelegentlich live zu mir durchstellte, neigte ich anscheinend dazu, die Erwartungen der Zuschauer zu durchbrechen, insbesondere wenn es darum ging, ihnen die eingefangene Beute zu präsentieren. Die anderen Jäger gingen ihnen dabei für gewöhnlich viel zu vorhersehbar vor. Entsprechend gerne nahmen sie meine Position ein und folgten meinem Kanal häufiger als denen der anderen Jäger.

Ein rascher Blick auf meinen *Geezer* bestätigte mir erneut die Beliebtheit meines Kanals. Obwohl die Sendung erst vor wenigen Stunden begonnen hatte, hatte ich schon jetzt annähernd 9.5 Millionen Zuschauer und lag damit wieder einmal vor den Kanälen der anderen Jäger. Im weiteren Verlauf der Sendung würde sich mein Vorsprung gewiss noch weiter vergrößern und mir einen Platz im oberen Drittel sichern.

Fido stieß auf einmal ein warmes »Pling« aus und riss mich aus meinen Gedanken. Instinktiv strich ich über meinen *Geezer*, bis mir schließlich die durchgestellte Nachricht angezeigt wurde, und wandte mich an Fidos Kamera.

»*Hey, Willy. Great show so far – can't wait to see the game. Apparently Teddy's deer is heading towards your position. Could you check it out? – Carlos, Sevilla Azada.*«

Carlos war einer der wenigen Zuschauer gewesen, die sich einen privilegierten Platz für diese Folge ergattern konnten. Im Gegensatz zu den Mitteilungen der regulären Zuschauer wurden mir seine Nachrichten überwiegend durchgestellt, ohne dass sie im Vorfeld gefiltert, aussortiert und abgeblockt wurden, um den Fluss der Sendung durch ein Übermaß an Mitteilungen nicht zu gefährden. Die Nachrichten selbst waren oftmals zwar nur wenig aussagekräftig und dienten in erster Linie dazu, den Zuschauern das Gefühl zu geben, direkt in das Geschehen eingreifen zu können, auch wenn gerade keine Wahl anstand. Doch gelegentlich halfen sie mir tatsächlich dabei, einen Vorteil gegenüber den anderen Jägern zu gewinnen, da sie mich auf neue Entwicklungen aufmerksam machen konnten, die mir andernfalls entgangen wären.

Ich wischte noch einmal über meinen *Geezer* und öffnete die Übersichtskarte. Theodor, einer der vier professionelleren Jäger der Sendung, war tatsächlich nur noch wenige hundert Meter von mir entfernt und bewegte sich langsam auf mich zu. Genau mittig zwischen uns prangte der letzte bekannte Ping eines der beiden ihm zugewiesenen Wildtiere. Meine eigene Beute dagegen war jedoch noch mindestens zwei Meilen entfernt und es war keine gute Idee, Theo und den anderen Jägern einen so großen Vorsprung zu gewähren.

Andererseits war es aber auch immer eine gut Idee, die anderen Teilnehmer im Auge zu behalten und ihre Pläne für die Folge einzuschätzen, bevor sie zu einer echten Konkurrenz heranreifen konnten. Und wenn ich mir durch das Erfüllen eines Zuschauerwunsches ein paar zusätzliche Extrapunkte dazuverdienen konnte, war es umso besser.

Ich straffte meinen Rücken und lächelte in Fidos Kameralinse hinein.

»Danke für den Tipp, Carlos. Ich denke, das ist eine ausgezeichnete Idee und mache mich gleich auf den Weg. Grüße an Sevilla.« Ich schloss die Übersichtskarte und senkte meinen *Geezer*. »Komm, Fido. Du hast den Mann gehört – es gibt Arbeit für uns.«

Ich kämpfte mich durch das letzte Gebüsch hindurch und versteckte mich hinter einem ungewöhnlich hässlichen Strauch, der am Rand einer unscheinbaren kleinen Waldwiese frei wuchern konnte. Seine Zweige erstreckten sich in alle nur erdenklichen Richtungen und verwandelten ihn in eine groteske Masse aus Blättern und Zweigen, doch bot er mir gerade dadurch eine hervorragende Deckung vor zufälligen Blicken.

Auch wenn ich in diesem Fall nicht selbst hinter dem Hirsch her war, wollte ich ihn nicht vorzeitig auf meine Anwesenheit aufmerksam machen. Bei der Pirsch kam es stets auf den richtigen Moment an. Verfehlte man ihn, war die Jagd in den meisten Fällen bereits entschieden, noch bevor sie erst richtig begonnen hatte. Auch wenn ich nur zu gern Theos pickeliges Gesicht gesehen hätte, wenn ich ihm seine Beute vor der Nase wegschnappte, war ich doch zu professionell, um ihm einen so billigen Streich zu spielen. Stattdessen öffnete ich noch einmal meinen *Geezer*.

Der *Geezer* war ebenso wie Fido ein neues Wunderwerk der Technik und so typisch für das Bestreben der Sendung, die Zuschauer immer stärker in das Geschehen mit einzubinden. Auf den ersten Blick wirkte das Gerät zwar nur wenig beeindruckend und war von seiner Funktionsweise her auch nichts anderes als eine Weiterentwicklung der alten BlackBerrys, Smartphones oder den ihnen nachfolgenden Messengern, doch steckte weit mehr in ihm drin, als das Auge zu sehen vermochte. Im Gegensatz zu den unpraktischen Handtelefonen der alten Zeit war der *Geezer* direkt in den linken Ärmel meiner Jagduniform integriert und ließ sich über eine einfache Berührung steuern. Der klassische Bildschirm war dabei einem experimentellen Stichogramm gewichen, das über die glasierte Fläche auf dem Ärmel gesteuert werden konnte. Auch wenn ich dem Gerät gegenüber am Anfang skeptisch eingestellt gewesen war, hatte mich die Arbeit mit ihm inzwischen völlig von seinem Nutzen überzeugen können. Leider war er bis heute noch immer nicht im Handel erhältlich. Bei den für *Hunter's Edge* verwendeten Modellen handelte es sich lediglich um einen vorläufigen Prototypen, der mit der Sendung auf seine Praxistauglichkeit hin getestet werden sollte. Außerhalb des Jagdbezirks war er bislang absolut nutzlos.

Ich blätterte durch die Seiten hindurch, die schemenhaft über meinem Ärmel schwebten, und blickte noch einmal auf die Übersichtskarte. Der Hirsch eilte nach wie vor auf mich zu und dürfte mir direkt gegenüber aus dem Unterholz hervorbrechen. Theo hatte inzwischen zwar bereits deutlich aufgeholt und war seiner Beute dicht auf den Fersen. Dennoch dürfte er sie nicht mehr rechtzeitig einholen können, um mich davon abzuhalten, mich mit ihr bekannt zu machen. Zumindest so viel musste ich Carlos und meinen anderen Zuschauern bieten können.

Ich unterdrückte ein Gähnen und schaltete den begleitenden Audiokommentar ein.

»…und deswegen irrst du dich, Gill. Theodor ist vielleicht nicht unbedingt der beliebteste Jäger im Team, aber ich denke nicht, dass er deswegen automatisch auch ein schlechteres Los zugeteilt bekommen hat.«

»Findest du, Jack?«

Anscheinend war das Glück auf meiner Seite. Jack Rowley und Gill Powley waren mit ihrem Kanal *Up the Hill* das akustische Aushängeschild der Sendung und kommentierten möglichst umfassend die Erfolge und Misserfolge von uns Jägern. Auch wenn sie sich aus praktischen Gründen immer nur auf einen Kanal auf einmal konzentrieren konnten, schafften sie es dennoch immer irgendwie, trotzdem überall gleichzeitig zu sein. Dass sie im Augenblick nun ausgerechnet über Theo sprachen, war zumindest ein netter Zufall, wenn nicht sogar ein gutes Omen. Ich lehnte mich etwas zurück und lauschte auf die beiden Stimmen in meinem Ohr.

»Erinnerst du dich noch an letztes Jahr? An das Desaster mit dem Luchs?«

»Natürlich tue ich das, Gill. Wirklich unterhaltsam. Man bekommt nicht oft zu sehen, wie ein erfahrener Jäger so effektvoll vorgeführt wird.«

»Das meine ich nicht. Worauf ich hinaus wollte, war viel mehr, dass er gemessen an dem Luchs nun einen Schritt zurücktreten musste. Ein Hirsch und ein Hase sind im Vergleich dazu nun wirklich nicht allzu prestigeträchtige Objekte, Jack.«

Jack stieß das für ihn so typische Lachen aus, das irgendwo zwischen seinem Kehlkopf und einem Theremin entstanden sein musste. Wie seine Stimmbänder das Tag für Tag aushielten, war mir bis heute ein Rätsel geblieben. »Gut, seine Beute ist vielleicht nicht ganz so gefährlich wie ein Luchs, aber auch sie hat einen schönen Pelz, Gill. Sofern Theodor weiß, wie er ihnen das Fell abziehen muss, kann er sich durchaus noch eine zweite Chance verdienen und beweisen, dass mehr in ihm steckt als ein einfacher Metzger.«

»Du findest also, er sollte noch eine Chance bekommen?«

»Absolut, Gill. Tatsächlich denke ich, dass er sie schon längst bekommen hat. Der Hirsch ist wirklich eine Augenweide und keineswegs als eine Strafe zu verstehen. Ganz im Gegenteil, ich denke, er hat durchaus noch Freunde unter den Zuschauern, die seine…«

»Schlichte?«

»…die seine schlichte Vorgehensweise durchaus zu schätzen wissen.«

Gill schwieg für einen Augenblick. »Dann bist du also mit der Auswahl des Hirschs einverstanden? Soweit ich es verstanden habe, gab es im Vorfeld durchaus kritische Stimmen, die seine Auswahl bemängelt haben.«

»Vollauf einverstanden. Enttäuschte Stimmen gibt es immer und wir haben nun mal zu wenig Platz für weitere Tiere. Das einzig und allein auf das Tier selbst schieben zu wollen, ist in meinen Augen ungerechtfertigt. Das arme Ding kann ja nichts dafür, dass seine Anwesenheit es nicht allen recht machen kann. Hast du etwa auch etwas an ihm auszusetzen?«

»Ich mag seine Schnauze nicht, Jack.«

»Seine Schnauze?«

»Oder wie man das auch immer bei einem Hirsch nennen mag. Mich erinnert sie an einen pelzigen, kleinen Entenschnabel. Das Gesicht bekommt dadurch einen unheimlich naiven Ausdruck, den auch das prächtige Fell nicht wettmachen kann. Für mich sieht das Tier einfach aus wie eine dumme Ente.«

»Ah, and who killed Cock Robin then?«

»Es war jedenfalls nicht die Ente, das kann ich dir sagen, Jack.« Gill trommelte deutlich hörbar mit den Fingern auf das

Pult unter ihrem Mikrofon. »Unsere Psychologen sagen, dass der Hirsch nicht ganz richtig im Kopf ist und keine gute Performance abgeben wird. Wie willst du auch eine gelungene Jagd erwarten, wenn das Tier nicht begreift, was wir von ihm verlangen? Sorry, Jack, aber für mich bleibt der Hirsch eine lahme Ente.«

»Ah, ich weiß nicht, Gill. Ich denke, das Team hat gute Arbeit geleistet, als es den Hirsch für die Sendung präpariert hat.«

»Das Geweih ist zu groß.«

»Stimmt. Mit dem Geweih sind sie wirklich etwas über das Ziel hinausgeschossen. Ansonsten ist er ihnen aber ausgesprochen gut gelungen. Schau dir nur mal an, wie das Fell in der Sonne glänzt, wie fein die Hufe gearbeitet sind und wie stolz und grazil er trotz der Gefahr noch immer durch das Unterholz prescht. Solche Anmut! Da ist es fast schon bedauerlich, dass wir ihn nicht noch länger bei uns behalten können.«

»Das klingt, als wünscht du dir eine Jagdtrophäe, die du im Anschluss an die Sendung behalten kannst.«

»Eigentlich gar keine so schlechte Idee, Gill. Über dem Kamin oder im Schlafzimmer würde sie sich bestimmt gut machen. Vielleicht sollten wir mal die Jungs in der Rechtsabteilung fragen, ob sich da was machen lässt.«

»Du willst dir also wirklich einen Kadaver an die Wand hängen?«

»Ausgestopft, natürlich. Sie soll ja ihren Wert behalten.«

»Und was sagt deine Frau dazu?«

»Keine Ahnung. Aber was es auch sein mag, eine solche Trophäe wäre es bestimmt wert.«

Jack brach in schallendes Gelächter aus und Gill schloss sich ihm an. Ich selbst unterdrückte ein Grinsen und schaltete die Übertragung wieder aus. Die beiden hatten wirklich einen seltsamen Sinn für Humor und waren auch nach all den Jahren immer wieder für eine Überraschung gut. Auch wenn ich mir nicht vorstellen konnte, dass unsere Juristen wirklich ein Schlupfloch für den Verkauf von Jagdtrophäen finden konnten, war der Gedanke, wie der ausgestopfte Kopf des Hirsches mit seinen feucht schimmernden Glasaugen über Jacks Kaminsims hing, ausgesprochen erheiternd. Seine Frau wäre mit Sicherheit begeistert, wenn er mit einem solchen Schmuckstück unter dem Arm nach Hause kommen würde.

Ich bog vorsichtig einen der Zweige meines Verstecks auf die Seite und spähte auf die Lichtung hinaus. Vor mir erstreckte sich eine freie Fläche, über die sich ein kleiner Wildbach schlängelte. Singvögel saßen in den Bäumen und trällerten fröhlich ihre Ständchen vor sich hin. Alles um mich herum wirkte friedlich und war damit wie geschaffen für ein kleines Drama. Fido würde sich freuen.

Es dauerte nicht mehr lange, bis der Hirsch endlich aus dem Wald gebrochen kam und geradewegs auf mein Gebüsch zu rannte. Jack hatte nicht unrecht. Das Team hatte wirklich ganze Arbeit geleistet und aus dem Hirsch ein wahres Kunstwerk geschaffen. Auch wenn es sich strenggenommen nicht um einen Hirsch, sondern um eine Hindin handelte, und das aufgesetzte Geweih daher doch etwas arg befremdlich wirkte, war der Gesamteindruck nicht zu verachten. Ihr Pelz nahm im einfallenden Sonnenlicht die Farbe von reifen Haselnüssen an und verlieh ihr eine Aura grazieler Eleganz, die selbst durch die Furcht in ihrem Blick und ihrem ansonsten so gebrechlich wirkenden Körperbau nichts von ihrer Strahlkraft verlieren konnte. Selbst für die Verhältnisse von *Hunter's Edge* war es wirklich ein auffallend schönes Tier.

Die Hindin hielt für einen Augenblick in ihrer Bewegung inne und sah sich panisch um. Ihre Brust hob und senkte sich in kräftigen Stößen, sodass ich selbst auf diese Entfernung ihre Erschöpfung wahrnehmen konnte. Es war ihr deutlich anzusehen, dass Theo ihr dicht an den Fersen hing und sie solange durch den Wald hetzen würde, bis sie kraftlos zusammenbrach. Selbst für seine Verhältnisse war es eine eher »schlichte« Vorgehensweise.

Ich bekam langsam Mitleid mit dem Tier. Es war nicht seine Schuld, dass Theo ein Einfaltspinsel war und nicht begreifen konnte, wie man die Qualen des Wilds auf ein Minimum reduzieren konnte, ohne dabei die Zuschauer zu verprellen. Vielleicht war es besser, sich in diesem Fall doch einmal etwas unsportlicher zu verhalten und die Hindin aus dem Spiel zu nehmen, bevor Theo seine ungeschickten Griffel an sie legen konnte. Mit etwas Glück würde er dieses Mal endlich aus der Sendung fliegen und durch einen sympathischeren Jäger ersetzt werden.

Die Hindin nahm plötzlich etwas Anlauf und sprang mit einem kräftigen Satz über den Bach hinweg. Ich nutzte die Gelegenheit und trat mit einem Lächeln auf den Lippen und eine Hand zum Gruß erhoben aus dem Gebüsch heraus.

»Moin!«

Die Hindin zuckte zusammen, verlor dabei jedoch die Kontrolle über ihren Sprung und landete ungeschickt auf ihren Hufen. Sie stieß einen überraschten Laut aus und stolperte über die Wiese geradewegs auf mich zu, bis sie der Länge nach auf dem Waldboden aufschlug. Ich konnte das Gelächter der Zuschauer schon beinahe hören.

Ohne zu zögern rannte ich auf sie zu. Eine Verlängerung der Jagd durch einen zweiten Verfolger war das Letzte, was sie nun gebrauchen konnte. Was sie brauchte, war ein rasches Ende. So behutsam wie möglich zog ich das hilflos mit den Hufen ausschlagende Tier zurück auf seine Läufe und hielt es fest. Für einen kurzen Moment trafen sich unsere Augen und die Hindin stieß ein verzweifeltes Blöken aus.

»Lass mich los, du Mistkerl!«